THE MURDER OF JUSTICE

謀殺法則

佘炎輝——著

【名家推薦】

作者藉由流暢的筆鋒，讓主人翁以非法正義的手段來懲治酒駕肇事、性侵、販毒等社會亂象，並技巧性的將枯燥乏味的鑑識與法醫常識融入小說中。針砭時事、嘲諷政治、驚悚但具有啟發意義，又大快人心。女分隊長抽絲剝繭，與凶手針鋒相對，情節的轉折扣人心弦，內容緊湊明快，引領讀者一步步走向呼之欲出的結局，是值得向大家推薦的一部上乘犯罪推理小說。

——石允文（長榮大學名譽博士）

凶手精心佈局，執行非法正義，讓人性黑暗面表露無遺，與女分隊長之間的愛恨糾葛，交織成這部張力十足、驚心動魄的作品。犯案現場與法醫解剖的細節描述，則是作者獨特的手法。小說描述的懸疑案情與犯案手法一氣呵成，值得推薦給喜歡推理燒腦的讀者。

——張家禎（高雄醫學大學家庭醫學科主任張家禎）

「讓正義之光照耀整個大地，消滅一切罪人和惡人，使強者不能壓迫弱者。」

——漢摩拉比法典[1]（The Code of Hammurabi）引言

1 漢摩拉比法典是古巴比倫第六代國王漢摩拉比頒布的一部法典，刻於玄武岩石柱上，現收藏於羅浮宮，主要精神在歌頌正義、保護弱者和受虐待的人。

1

八月三十一日　星期五

依舊是細雨霏霏的日子。

一連下了好幾天滂沱大雨，天空籠罩在一片灰濛濛的薄暮中，老劉只能待在屋裡悶得慌。他看著電視報導，因熱帶性低氣壓與西南季風輻和產生超大豪雨，驚人的雨量重創南部地區，各地災情不斷。

他心裡直懸著田裡剛播下的菜苗，想來八成是泡湯了。

趁著雨勢稍微停歇些，他隨手拎了雨衣和工具就要巡視菜園去，一旁垂頭喪氣的小黑發覺可以出門了，興奮得跟前跟後。

這個鳥不生蛋的小鄉鎮人口嚴重老化，以前還有幾間蔬果醃製加工廠，現在不是外遷就是放著荒廢。雖然和市中心才隔了兩個行政區域，但城鄉差距太大，縣市合併後更顯落後，是個供需極度貧瘠的鄉鎮。

除了外勞，最多的就是隔代教養的阿公阿嬤和孫子，像老劉這種年逾古稀之年的老翁，還守著上一代留下來的祖傳農地的已沒幾戶，更別說有年輕人願意耕田種樹了。

從老劉的農地放眼望去，四周盡是廢棄荒蕪的田地，地主都是以前的左鄰右舍，老一輩的去世了，年輕的不願接手，賣又賣不掉，索性就放著不去處理，任由雜草四蔓，樹木參天，附近只剩老劉悉心照料的田地還有點生氣。

小黑不亦樂乎地追著雨後四處亂竄的蟾蜍，老劉卻苦著一張臉看著一畦一畦菜園泡在水裡發愁，更不用說等雨後吸飽水的雜草會長得多茂盛了。

「唉！永遠除不完的雜草。」老劉心裡嘀咕道。

儘管踩在泥濘的田裡，老劉內心還是踏實些，雖然農收物不穩定，得看老天爺臉色吃飯，但靠著菲薄的收入維繫他和老伴的三餐溫飽尚不成問題。在外地北漂的兒子每月固定匯來一萬元生活費，也沒啥好怨天尤人了。兒子多次要接倆老上去住，但年輕人剛創業，百事待興，不想給他添累贅，說不準那天要賣老本去資助呢？

「小黑！小黑！」老劉打算先去看剛結果的芭樂到底被這波雨勢摧殘得如何了，等放晴再來整理菜園。「這死狗不知溜到哪去了？」

小黑叼著一塊發漲泛白的東西從隔壁農地晃啊晃的回來獻寶，老劉正想罵牠幾聲，只見小黑放下後一溜煙又往前奔去。跑了一段距離後，佇足看老劉沒跟上來，又跑回來對著老劉狂吠，老劉不解其意，揮揮手示意小黑自個兒玩去，但小黑似乎不放棄，繞著老劉直打轉。眼看老劉不理牠，竟咬起老劉的褲管不放，顯然要老劉跟牠去哪兒瞧個究竟。

老劉心不甘情不願的放下果樹採剪刀，跟著小黑直往隔壁經年未修整、雜草又長得超過半人高的農地邁去。儘管穿著雨衣，但露出下擺的褲管早就沾滿了鬼針草和蒺藜草的種子，原本堅硬的土壤經過幾天大雨的沖刷也變得滯礙難行，加上有點坡度，他走得氣喘如牛。

繁茂的林蔭將天空遮蔽得只透進一點光線，老劉心裡直抱怨：「老胡的兒子也真是的，好好一塊地放著不耕作又不賣掉，雜草都長到我們家來了。」

老胡的農地後方有條小溝渠，和其他幾條小溪流匯集到大馬路邊那條排放不佳、容易積塞垃圾、產生汙臭的排水溝。枯水期時，溝渠的河床總是乾枯見底，並不適合用來汲水灌溉，除非颱風帶來超大雨量無法排放，才會滿水位。

這幾天下的雨，從上游一路下來，已到了及膝的水量，老劉遠遠的就瞧見有塊灰白的東西卡在溝渠石頭縫之間載浮載沉。

總算跟著小黑走到令牠興奮異常的地方，這裡是一小區竹林，小黑看見前方有隻蛤蟆就縱撲過去，追逐蛤蟆去了。

老劉只見得一包被咬得支離破碎的黑色塑膠袋，外緣露出半截和溝渠裡雷同的物品。他抹去臉上的雨滴，隨手撿起一支樹枝，鼓足勇氣趨近捅了一下，一股寒意油然而生，只見他嚇得一個踉蹌，差點摔了個狗吃屎。

「阿娘喂！這是什麼鬼東西啊？」老劉驚魂未定，倒抽了一口氣，連滾帶爬喊著。

2

兩個月前

六月三十日　星期六

孫幗芳好不容易排到兩天的假，卻碰到杜至勳難得接到一個大案子，雙方正準備正式簽合約，諸多前置準備事宜讓他忙得不可開交，不得不消假去上班。原本計畫要和他到南部玩，現在都泡湯了。

兩人從一張交通罰單重逢而正式交往後，至今也有四年了，兩年前為了全心全力準備升等考試，婉拒至勳的求婚，後來他的態度就變得若即若離。即使同住在一個屋簷下，也感受得到那份疏離感，原本還會聊聊工作上的事、同事間的趣聞，或偶有口角上的勃谿，小倆口鬥鬥嘴，也都當是閨房之樂，但現在他寧可當個悶葫蘆。

他妹妹至琪對她則是百般挑剔，覺得當警察的，生活作息不定、學歷家世又配不上她哥哥，總是積極地幫至勳介紹對象，想方設法要介紹同事或同學給他認識，無不想要成其美事。雖然至勳都是抱著虛應的態度，但每當他赴約回來，透露出似有若無的炫耀時，總不是滋味。

「波妮，過來馬麻這邊！」波妮這隻虎斑貓是至勳送給她的生日禮物，他不在時，只能對著牠吐露心事。

「喵！」波妮才吃完為牠準備的罐頭貓食，喵嗚喵嗚的回應著，在她腳邊磨蹭，宛如在撒嬌，又像在宣示主權。

「把拔去上班了，就剩我們兩個囉。」

這陣子至勳的行為越來越難以捉摸，以前還會互相羈絆著對方，現在即使眼神交會，也沒了溫度，好像長時間構築的一段感情，突然有一天忘了關窗就溜走了。

兩個曾經彼此很親密的人，若被忽視或淡忘了，再勉強在一起還有意義嗎？

最近她時常在思考這個問題。有時甚至懷疑，她對他的吸引力是不是已像一杯冷掉的咖啡，食之而無味？

她從小膽子就大，對人體的奧妙與探索有高度興趣，立志要學醫。但家境負擔不起龐大的學雜費，因此國防醫學院醫學系就是她的第一志願，可惜沒考上，退而求其次考上警察大學。

平日素有拼命三娘的衝勁，在職場上反而巾幗不讓鬚眉，比男性同事更能面對各種殘缺肢體，也曾破獲不少案子。但在男性居多且握有主導權的刑大隊裡，一舉一動、舉手投足，還是會有異樣眼光盯著你。

孫幗芳長得丰姿綽約，五官端正勻稱，身材玲瓏有致，有幾分模特兒的架式，也算是有著妍麗的容姿，對人態度矜持，總是笑靨盈盈的。

在職場上，她有著不落俗套的跳躍式想法，不受限於舊思維框架，總有出人意表的表現。幾個月前才偵破一起老公殺了老婆後棄屍詐領保險金的案件，假以時日會是刑大隊的明日之星。

她和偵一隊第三分隊分隊長汪曉晴同為女性，也經辦過各式各樣光怪陸離、怵目驚心的刑事案件，是刑大隊偵二隊第五分隊分隊長，底下有三個小隊，小隊長及偵查佐都是男性。為了統計數字要好看，時有破案壓力。

當她升上分隊長時，有幾個男同事還是會排擠她，私下謔稱她為「艾莎」——《冰雪奇緣》的冰山美人Elsa。同事們私下有個講幹話聊八卦的LINE群組，就是沒人要邀她加入，起初還不致於公然頂撞，等到她做出成績，稍微站穩腳步，他們才瞭解到孫幗芳看似柔弱的外表，卻隱藏著剛毅的性格。

偵二隊隊長高子俊接到檢察官的來電時，正在和局長開會。

雖然他才四十出頭，白髮也冒出了幾撮，但保養得宜的身材、出眾的儀表、剛毅的眼神，加上總是笑臉迎人，讓人有信賴感，算是很多女人心目中的理想男人。

可惜家家有本難唸的經——離婚了。

他和他太太多年的婚姻原本幸福美滿，育有一女讀國小二年級，今年初他太太提出要離婚時，高子俊還一頭霧水，以為是他太太有了外遇。豈知竟是去年他太太因閨蜜的牽線，信奉某位心靈禪師後，心性大變，一心篤信禪師的開示，要她內省懺悔。

高子俊一開始也不曾干涉，等到禪師認為她嫁的是「不對的人」，毅然決然地提出離婚要求時，他才驚覺事態嚴重。儘管曉以大義或斥責爭執都無濟於事，無法憾動她堅定不移的信仰，仍然義無反顧地決絕而去，女兒的監護權就歸給了高子俊。

有些夫妻會彼此互相傷害、背叛，但仍互相了解對方。高子俊的婚姻沒有傷害與背叛，卻因不了解而分手。

高子俊是有領袖魅力沒錯，也的確是精明幹練，但缺乏幽默感，行事作風有點一板一眼。他總是說他不是固執，是執著。他也總能舒緩案情彙報時，難免劍拔弩張的肅殺氣氛。記者會上面對記者的提問，也能應對自如，不像有些人一面對鏡頭就會緊張發慌，詞不達意。

大家給他下的評語是：外表堅強卓絕如硬鋼、內心溫柔敦厚如奶油。

ఠ ఠ ఠ

此時的高子俊臉上籠罩著一層寒霜。

「脖子兩側頸動脈被割斷了，看擋風玻璃及中控台上血液呈線形流淌而下的噴濺痕跡，以及屍體呈現的姿勢，應該是凶手先抓著頭再劃一刀後就快速離手，頭部被鬆手後下垂。」

法醫徐易鳴在鑑識小組的跡證採集人員許佑祥前置拍攝、測繪、指紋採集結束後，神情凝重的向圍在賓士跑車四周的檢察官羅啟鋒及高子俊、孫幗芳解釋道。

接連兩個晚上未歸，林清源家人聯絡不上他，又不想立即報案，於是根據汽車ＧＰＳ最後的定位，第三天上午十點左右尋找到屍體位置，家屬一眼就認出受害者是林清源。

死者是剛保釋的販毒，在地方上又小有名氣，餐廳經營得有聲有色。案發現場屬小鄉鎮轄區管轄，派出所隨即通報上級管轄分局，地檢署羅檢察官會同法醫火速趕到時，警方已拉起封鎖線。

「加上淺層的頸靜脈都斷了，整灘血都集中在正副駕駛座中間，看來八成是大量失血後失壓休克死亡，角膜都變混濁了，至少死了二十四小時以上。還有，凶手慣用右手。」徐易鳴指著俯趴成像古代被五馬分屍之前的怪狀屍體說著。

「你如何認定凶手是右撇子？」羅啟鋒問。

徐易鳴沒有立即回答，反倒賣起關子，似學究般述說著：「好像耶羅尼米斯・波西[2]的畫——『人間樂園』中的《地獄》那個被垂掛在鑰匙刑具中的樣子喔，只差在四肢是攤開的。看來屍僵已經緩解了，裝入一般屍袋倒不成問題。」

他話鋒一轉，「你看死者脖子的傷口左高右低，我認為凶手是站在死者後右側，右手持刀從死者左耳下緣劃過喉嚨前側，再於右耳處略微上揚，結束的位置比開始的地方低，看到沒有？凶

2 耶羅尼米斯・波西（Hieronymus Bosch）是荷蘭十五世紀畫家，他的畫作多以惡魔、半人半獸甚至是機械的形象來表現人類的邪惡與道德的沉淪。『人間樂園』是屬於三折畫，右幅的《地獄》充斥著大量造型奇幻的獄卒，以各式怪異的酷刑懲罰罪人。

手下手時應該不帶猶豫的成分。」

高子俊照著徐易鳴的說明，模擬凶手下刀的姿勢。

「而在後腦勺的頭皮有個撕裂傷，像是邊緣不平滑的銳器敲擊造成的創口，已經凝結成血塊了。顱骨摸起來似乎沒有破裂或骨折，等解剖後就可知道是否有無顱內出血。」

❦ ❦ ❦

羅啟鋒檢察官可說是司法界的後起之秀，年輕有衝勁、不畏強權，還三十五歲不到就破了幾宗大案子，屢屢登上媒體版面。每當媒體報導他時，炙手可熱的黃金單身漢啦，高富帥啦，種種溢美之詞總會加諸在他身上。但人紅是非就多，他從未和女性傳過緋聞，於是「羅檢察官是gay」的傳聞就不斷，等到有狗仔拍到他和婦產科醫師男友卿卿我我的照片時，隱私被赤裸裸的挖出來攤在陽光下，逼得他不得不出櫃。

雖然跌破大家的眼鏡，但這完全不影響他的專業能力，把壞人抓去坐牢，就會令他更生氣盎然。

「羅檢、隊長，」許佑祥將蒐證工具箱放下，向他們彙報，「在離公路三米的草叢處，發現一支沾有血跡的鋼筋，直徑約1.9公分，長度50公分，重1.125公斤，應是建築工地用的六分的鋼筋。」

他指著物證袋繼續說，「另外還找到三支寶特瓶，其中一瓶有白色沉澱物。」

「腳印呢，有採證價值嗎？」羅啟鋒問。

「有一列清晰且同一方向的鞋印從岔路通往公路、41號半、估計身高在165至175公分之間的男性運動鞋鞋印。」

「會不會是女性穿的？」

「女運動鞋有的會加高後跟，有些牌子的運動鞋沒有41號半的女鞋，我是依鞋子寬度來判斷的。」

徐易鳴插話說：「一般而言，男性的趾圍、背圍、後踵寬度比女性大。女性的腳弓弧度較彎、外側長度較短、腳弓位置較高，從鞋印還是可以辨別出來。」

「腳印的紋路很清楚，右後腳跟有稍微磨損，磨損程度還好，鞋底有沾附些枝葉，和凶案現場植物吻合，但出了公路就不明顯。」許佑祥暫歇一會兒，讓他們把他所說的先消化一些。「我猜測是凶手先抖掉鞋底沙土再走出去，加上來來往往車輛輾壓過，模糊的鞋印已經沒什麼助益了，不排除是和被害者一塊開車進來，殺了人再走出去。」

「凶手和死者同坐在車上？舊識？半路劫車殺人？預謀？歹徒觀察很久了嗎？」孫幗芳喃喃自語苦思著。

「是啊，有無共犯呢？說不定主謀是女人？說不定是鴛鴦大盜，女的就在外面公路上把風及接應？」羅啟鋒說出一串問題。

「現在女性犯案的機率愈來愈高，不能排除女性犯案的可能性。」高子俊也附和著說。

許佑祥見羅檢察官和高子俊沒再出聲後就接著說：「車子四周是有凌亂腳印，都是同一組，但不是死者的。死者的的皮鞋被踢到車底下，地面上沒有發現與死者皮鞋符合的鞋印。

「綁雙手的膠帶、兩副銬腳的手銬經初步鑑驗都採集不到死者以外的完整指紋或皮屑，甚至連紋線、可疑棉屑或纖維也沒找到。」

「都採集不到？」

「我想嫌犯全程都戴著乳膠手套。車子裡裡外外的指紋既多且凌亂，」他嚥了口口水不疾不徐的說，「等天色再暗一點，我會用多波域光源再詳細照射一遍，至於屁股上的結晶體則已經採樣待化驗。」

「哈，果然是鹽巴，這根本是在醃豬肉嘛！」

徐法醫盯著林清源屁股上那白色結晶體，順手沾了一點就往嘴裡舔，突然冒出這一句，惹得一夥人都不約而同往那兩片屁股瞧，已有幾隻蒼蠅在上面盤旋飛舞了。

高子俊深表同情的咂了咂嘴。「我覺得很像是鞭刑，不是嗎？都血肉模糊了，還灑上鹽巴，是有多大仇恨要死者付出這種代價啊？」

孫幗芳點頭附議：「凶手行凶時，想必不是冷酷無情就是認為有備無患，或許兩者皆有可能吧？而且都沒有留下明顯證物，真的找不出破綻嗎？百密總有一疏吧？」

「鋼條給我看看。」徐易鳴開口說。

許佑祥把證物袋裡的鋼條遞給徐易鳴，清清沙啞的嗓子繼續報告：「割破血管的凶器尚未找著，也未發現可疑的毛髮，我會再加強地毯式搜索，乾掉的尿液痕跡已經採集樣本了。」

「這麼名貴的車子就棄置在這裡，真詭異。」

「車子沒有刮傷或碰撞痕跡，胎痕從公路通往小徑，再到這裡就消失了，我也先拍照存證了。」

「這裡的確是避人耳目的行凶地點啊。」羅啟鋒不否認的說。

❦ ❦ ❦

「你覺得這麼拉風的跑車值多少錢？八百萬？一千萬？」幾個幫忙維護現場的制服員警七嘴八舌的議論起來。

「是啊，我們賺一輩子也買不起，可惜了！」一個員警嘆道。

「可惜什麼？車子還是人？你們知不知道他是幹什麼勾當致富的？賣白粉的！」

「行車記錄器被拿走了，鑰匙還插在點火器上，為何不把車開走，直接棄屍就好？」員警們竊竊私語著。

徐易鳴將鋼條比對屁股的傷痕後，語氣很肯定的說：「四肢有明顯的防禦性傷痕，可見死者被鞭刑時是醒著的，而且掙脫得很激烈。鋼條的長度是足夠鞭笞的範圍啦，至於鋼條突出節的距離是否與傷口吻合，唉，看皮肉都被鹽巴醃在一塊了，恐怕已看不出來。」

「我注意到左手小指好像有條戒痕？」孫幗芳提出疑問。

「婚戒好端端的戴在無名指上，小指的戒痕是很明顯沒錯，原本有一枚戒指被摘除了，你們去問問家屬。」徐易鳴答。

「除了一枚戒指外，皮夾內的現金、金融卡、信用卡、手機都在，說是劫財殺人嘛也不像，想不透呀。」孫幗芳腦筋飛快地轉著，「你知道他因販毒被交保才沒多久嗎？」

徐易鳴也是不解。「車上若沒找到任何毒品，也許是被搶走了，也許不會放在車上，或許吸完了？要解剖才知道。」

「不無可能，所以凶手犯案動機令人費解啊！」羅啟鋒也覺得事有蹊蹺。

「是毒品交易被黑吃黑，招致殺身之禍？幫派尋仇或互爭地盤呢？隨機殺人的成份有多高？」孫幗芳腦海裡浮現幾種可能性。

羅啟鋒臆測著說：「還真說不準，一般的毒品交易，老大是不會出面的，我看外遇出軌？爭風吃醋？都有可能吧？」

「殺就殺還鞭笞屁股，是在故弄玄虛嗎？真離奇。我來重建一下犯罪現場，你們看對不對？」孫幗芳自告奮勇著說，「凶手事先埋伏在林清源開車經過的地點，用了什麼手段讓自己上了車，並押著林清源連人帶車開到命案現場。

「凶手以鋼條鞭打死者，可能是要逼供或洩忿，也許林清源死不招供也許招供後被殺人滅口。凶手對林清源的財物和名車不屑一顧，還仗勢著現場的優勢，殺了人後從容地將凶器丟置草叢中離開。」

3

「我們就像實驗室裡的白老鼠，死命地轉動輪子，但隨時都可能被安樂死。」

——《殺人本能Killer Instinct》
Joseph Finder喬瑟夫・芬德

我追蹤你很久了，多年來卻一直沒有你的訊息，我不信你不會再犯。近日電視報導了一則販毒頭頭被捕的新聞，讓過去種種一點一滴從我腦海裡的記憶中被召喚出來。

雖然螢幕上的你戴著口罩、低著頭，變得又白又胖，已是一副腦滿腸肥的身材，加上有著高又稀疏的髮際線，你的形態和外表與我印象中的樣子判若兩人，但我從你那對眼神一眼就認出來了。

總算逮到你了！真是踏破鐵鞋無覓處，得來全不費功夫。

這次警方破獲的販毒案是經由公寓毒趴循線追查到你這個集團的，雖然死了一個吸毒過量的，可笑的是檢察官竟裁定無逃亡之虞予以五百萬讓你交保候傳，這正是老天要給我機會，要是你直接被羈押，我還不知道要如何找你算這筆帳哩。

花了好幾天跟蹤你的作息，我知道這是值得的。平時都有小弟如影隨行跟前顧後，要不就是足不出戶躲在賊窩幹見不得人的勾當吧？我猜你應該有個製毒工廠，可惜這次沒被查獲。你專門將安非他命、搖頭丸、K他命販售到舞廳、酒吧、夜店，海洛英則有特定人士的銷售管道是吧？

每個星期三的「淑女之夜」你才會酒後獨自開著賓士跑車去省道22線乙[3]飆車，真是死性不改啊！有兩次你剛從Club喝完出來，載一個妹子就停在省道22線乙東向30K處車震起來，你確實會挑時間、地點：半夜兩點多、方圓幾里無人居住、既無路燈又無攝影機、只有偶爾才經過的稀疏車輛。

我開的只是二手的Toyota Yaris，那追得上你的賓士超跑，如何逮你的確傷腦筋！這是我的首演，可惜無法彩排，若沒有事先完善規畫，讓你心生了警惕，到時放虎歸山就功虧一簣了。

我多次到省道22線乙勘查地形，東向25K至30K有個30度轉彎，你習慣停在30K處幹些勾當，若有車子以時速每小時120公里經過，也應該不會留意你正在幹的好事。

我打算將車子停在30K對向路旁打警示燈，再放置一台廢棄腳踏車，賭你轉彎時會先減速，轉彎後看到警示燈會以為發生什麼事。而且前方有我和不明物體擋著，除非你喝得太茫，即使撞死人或疾馳輾過腳踏車都不在意，否則你會停車瞧個究竟。

當聽到喧囂的音樂伴隨著你從Club門口流洩出來，我就先開車繞小路到省道22線乙起點，再

[3] 本書所有地點、城鄉皆為虛構。

以時速120公里開到30K處佈置。這段時間，你會等泊車小弟將車開過來，你會給他千元大鈔表現你的慷慨大方，等他鞠躬哈腰對你說謝謝。

一路上你不敢飆車，因為你會怕警察臨檢，等你開到省道22線乙起點飆起車來，我已從替代道路過來了，而且還有充裕時間等你上勾。

上星期馬路還好好的，不知何時29K放置了施工路障及閃燈，29.5K開始至31K已有被挖開的土堆堆在一旁，這倒省了我放置腳踏車堵你，我只要在對向甕中捉鱉就行了。

遠遠的就聽到你賓士車威猛如獸吼般的引擎聲浪，果然減速換車道而來。我站在唯一的單向路上朝你揮手，你不耐的將車換成N檔，望著我緩緩向你走過來。正當你要開口時，我左手將辣椒水往你臉上噴去，接著從右後褲腰掏出鐵棍往你後腦勺猛力一敲，再迅速關掉引擎。

有機會我想我會試試氯仿是不是較省事，但首先要考慮那裡可弄到氯仿或麻醉墊什麼的。不諱言的說，將你移到副駕駛座確實費了一番功夫，就怕當下有車子經過就前功盡棄了。

往前約500公尺處，右側有條小徑，往裡走，兩旁盡是小土丘和矮樹叢。遠眺約三公里有兩戶人家，是鄉村渡假型別墅，應是有錢人假日來享受田園生活的。今晚正值月圓，皎潔的月光照亮賓士慢慢前進的地方，諒你叫得呼天搶地，也不會有人聽得到。

林清源迷迷糊糊地恢復點意識後，想睜開眼睛環顧四周，感覺眼淚和鼻涕直流。他依稀記得還在享受超馬力引擎與線性加速結合的快感時，突然被一個陌生人攔下，接著不由分說地一記痛擊後就昏迷不醒了。現在除了頭痛欲裂、刺痛的不適感燒灼著雙眼外，一兩小時前喝的酒在胃裡發酵，感到胃痙攣，有股噁心欲吐的衝動。

他試圖發出聲音，但嘴裡塞著一團東西，喉嚨一緊，更加難受。他想要挪動身體，但隨即明白根本無濟於事，雙手手腕被綁在安全帶上，雙腳腳踝從兩邊後視鏡看得到被手銬銬在擾流板上。他晃動四肢，還有知覺，但頭下腳上不協調的130度『ㄟ』形姿勢，實在狼狽至極。

一個人影晃到他面前。

「你是誰？求你放了我吧？我跟你有冤仇嗎？你抓我要做什麼？」他被潑醒後，我將塞在他嘴裡的兩隻襪子拉出來。他奮力睜開被辣椒水噴得淚流滿面的雙眼，顫巍巍地問了幾個問題。

「唉呀，我的頭好痛！」

「會痛喔？當你喝得很爽、嗑得很嗨、開得很快時，可有想過會害別人陷入愁雲慘霧中？」

我悻悻然的說。

他的雙手被我以兩邊的安全帶各繞了兩圈，再緊緊的纏上膠帶，肋骨頂在駕駛座與副駕駛座中間，頭懸空俯低著，胸部以下拱起趴在引擎蓋上，雙腳以手銬銬在尾翼的擾流板兩側，褲子則被褪下至大腿處，露出油滋滋的屁股，以頭低腳高的姿態呈現一個『大』字形。

他試著扭動掙脫，知道無法動彈，抬起淚眼汪汪的頭看了周遭環境，知道即使大聲叫喊也無濟於事，就嗚咽的說：「車子你可以開走，皮夾裡的現金和置物箱的安非它命都拿走，饒了我吧，車子值一千多萬喔！」他的聲音裡充滿了恐懼。

我將兩隻襪子再塞回他嘴裡。好戲上場囉！

「聽好了，你只要點頭或搖頭就好。」他果真乖乖的點了點頭。

「十三年前你曾在清澤鄉酒駕撞死一個人，記得嗎？」他眼神迷茫，好像不記得有這件事。

「你以兩百萬逼對方和解了事，想起了沒？」我補充說，「還是你撞死太多人，想不起來是那個倒楣鬼？」

他囁嚅的嗡動幾下，發出含糊地聲音，似乎想辯駁什麼，但沒了那股狠勁，就像一隻戰敗的公雞垂頭無語。

「我家會分崩離析全拜你所賜，你這個劊子手！」我猝不及防的提起鋼條往他屁股狠狠抽去。「啊」的一悶聲在他嘴裡哀鳴著，如果嘴巴不是被塞著，這哭爹喊娘的驚悸叫聲一定會有絕佳的迴音效果。

這只是開胃菜而已。

「法官總是對酒駕肇事者判以罰鍰了事，才有那麼多悲劇發生，幹！」第二棍我使上七分力道。

新加坡的鞭刑是令作姦犯科者聞風喪膽最有名的刑罰，我為你特製的鞭刑架還滿意嗎？有受刑人回憶說，當他被叫號時就已經不會走路了，因為光聽到別人痛徹心扉的嚎叫聲，腳就癱軟了。

每一鞭都像到地獄走一回，鞭幾下就可能休克，傷口一個月才能痊癒，還會留下無法消除的傷疤當作永遠的印記。國內一堆狗屁官員、立委、團體說，基於人道主義、民主法治，不適合實施鞭刑。

我再鞭你兩下！

他抽搐了幾下，尿液沿著車蓋流下來，隨即昏了過去。正餐都還沒上耶。

我揪起他的頭髮，再次淋上半瓶水將他潑醒，他喉頭咕嚕了幾聲，幽幽的甦醒，眼裡含著哀求，咿咿呀呀的想說些什麼。

「你販毒多久了？」他被我突然冒出的這句話嚇得瞠目結舌，想必以為我是另一個要和他搶地盤的幫派派出的殺手吧。

「少說有十年了，」襪子被扯掉後他支支吾吾的回答。

「這種骯髒錢也敢賺，根本就是社會敗類、人渣，看你開敞篷跑車到處泡妞，卻不知有多少家庭斷送在你手中啊？」我實在是怒不可遏。

「我再問你，毒品來源、分裝和銷售管道你最好老實講出來，或許可以考慮放你一馬。」我逼近他的面前一字一字問。

他抿著嘴又咬了幾次牙，猶豫著該不該吐露實情。

「不說是吧？」

正待我舉起鋼條做勢要往下抽打時，他才心不甘情不願的道出毒品來源、分裝位址以及幾個銷售的地點，再以幾近卑屈的嘶啞聲調說：「我什麼都講了，求求你放了我，我保證不會跟任何人提到你，真的！」如果可以，我想他跪下來舔我的鞋子求我放他一條生路都願意吧。

再度把襪子塞進他的臭嘴裡，該上甜點了！

我拿出事先調好一斤鹽與1000cc水的鹽水寶特瓶往他皮開肉綻、血跡斑斑的屁股淋上，頓時殺豬般的淒厲慘叫聲嗚嗚地配合著身體不斷弓起、墜落及手腳掙脫不開的扭曲動作，恰如一幅猙獰的十八層地獄圖。

我一邊享受這畫面，一邊再三檢查有無任何蛛絲馬跡的微量跡證遺留在現場，即使帶了乳膠手套，我仍舊將方向盤、車身內外擦拭一遍。至於腳印，就不費神處理了，事後直接扔掉鞋子即是。

最後我拿出一把刀子往他脖子一抹。

當方向盤與中控台被噴灑而出的鮮血浸染滲透再流淌至駕駛座時，我也正拿著他左手小指的戒指與行車記錄器好整以暇的離開。

4

七月二日　星期一

解剖室位於市立法醫研究中心所在大樓的地下室一樓，有專用電梯可直通停車場，方便運送屍體，這裡有著負壓空調，總是瀰漫著肅穆的氛圍。

準備解剖林清源的法醫徐易鳴是從警察大學鑑識科學系畢業的，他擔任法醫已有十多年了，好好先生一個，體態略微發福。若不是穿上手術袍，給人的第一印象會是西裝筆挺、提著一款名牌公事包、能言善道的房仲業者。

他面對屍體就是一種看破生死的淡然，不會對屍臭或血肉模糊的屍塊產生害怕、恐懼或悲天憫人的情緒。只是解說起屍體的死因時，就會滔滔不絕，意猶未盡似的。

他總是說「屍體會說話」，而他的助理檢驗員蘇肇鑫也和他一個樣，認為屍體會解釋一切。在《刑事訴訟法》與《法醫師法》兩相矛盾的法規下，徐易鳴算是碩果僅存的幾位法醫中的佼佼者。

在一旁一起相驗的是穿上防護衣，戴上口罩、護目鏡，套著紙鞋套的羅啟鋒檢察官、孫幗芳分隊長和王崧驊小分隊長。

羅啟鋒基於死者一個多月前才因被警方破獲販毒集團交保中，又被暴力犯罪致死，有司法相驗理由簽署解剖，家屬也同意了，於是就簽分了偵查案件。

徐易鳴先檢查林清源屍體外表並拍照存檔，除了原先在案發現場發現的切割傷、撕裂傷、挫傷、鞭傷造成的三處創口及四處傷痕外，眼瞼沒有明顯出血點或發現其他微物跡證，只有眼眶還殘留辣椒水的灼痕。

之後，他就將林清源的衣物移除、裝袋。

「由於人死後開始出現屍僵到遍及全身約12～20小時，持續6小時左右開始緩解，在現場屍體屍僵就已經緩解。但前兩天氣溫飆高，死者又屬肥胖體形，從死者出門到家屬發現屍體報案，已經過60小時來判斷，雖然不好估計死亡時間，至少48小時以上是可確定的。」徐易鳴先解釋屍僵及估計死亡時間給他們聽，同時一邊錄音。

「你們看，」徐易鳴指著屍體的胸部說，「屍斑集中在前胸，腹部及大腿因接觸引擎蓋，屍斑不明顯，因此屍體應該未被移動過。」

「所以案發現場應該是第一現場囉？」孫幗芳問。

「應該是。」

「鑑識組的許佑祥稍早已回報說，」王崧驊補充說明，「從死者指甲刮取的證物沒找到凶手的血液、毛髮等組織，另外鋼條上的血跡也確認是林清源的。」

「嗯，再看這裡。死者雙腳腳踝和雙手手腕有嚴重瘀青，是手銬和安全帶磨擦皮膚的挫傷痕跡。」徐易鳴接著將屍體翻過身，「屁股被鞭笞再淋上食鹽水，皮膚經高溫曝曬後有些微的『皮革樣化』[4]，但四肢的磨損傷及屁股被鋼條鞭打的撞擊傷，很明顯不構成死因。」

「哇靠，我看過被鞭刑的影片，但都是血肉模糊的，可沒看過被醃過的。」王崧驊瞪大著眼睛說。

「小蘇，你先推去照X光。」徐易鳴囑咐檢驗員。

等蘇肇鑫照完X光後，徐易鳴便開始將林清源頭皮撕裂傷凝固的血塊清洗乾淨，再將頭髮剃除。

當頭骨打開後，他說：「顱骨僅有些微不完整的圓形骨折，沒看見硬腦膜上下腔有出血，可能只是被敲昏失去意識，歹徒沒有要他立即喪命的意圖，大概為了要綁架他吧。」

羅啟鋒三人看著被打開的頭骨，鮮明的腦部組織——大小腦和腦幹就躍入眼簾，著實嚇了一跳。

「再看頸動脈這裡，刀子從脖子左邊偏高位置劃下，一路割到右邊偏下方，幾乎深及甲狀軟骨，大量出血隨著動脈流動，順勢吸入空氣，因進入血管的空氣阻塞肺部而死亡。」徐易鳴

[4] 人死後屍體的皮膚表面包括縐摺、黏膜、創面及較薄的部位，由於水分蒸發很快，局部乾燥後變硬，顏色呈現褐色，因類似皮革而稱之。

若無其事地繼續解剖動作。

「哇塞，當下吸不到空氣，肯定是痛苦難當哪。」王崧驊誇張地雙手摀著脖子，大口呼吸。

「只有一道傷口就一刀斃命嗎？」羅啟鋒問。

「可知道凶器種類嗎？孫幗芳將掉到額前的一絲頭髮捋到耳朵旁，也跟著問道。

「說不準，瑞士軍刀、手術刀、蝴蝶刀、藍波刀、開山刀，也許牛排刀、陶瓷刀都有可能，似乎是行家手法，一刀斃命是確定的。」徐易鳴回答。

徐易鳴接著從林清源軀幹兩邊的肩膀向下延伸至胸骨劃下兩刀，再往下沿著腹部中間劃到恥骨，剪開肋骨、鎖骨，移除胸骨、打開胸腔，手法利落，一氣呵成——將屍體開膛剖肚就是他吃飯的法寶。

血水順著排放圓孔流出，一旁的孫幗芳和王崧驊則似乎在比賽誰先受不了血腥味，誰會先奔到垃圾桶嘔吐。

徐易鳴先把從林清源的心臟主動脈抽出的血液樣本裝進含有氟化鈉的試管，讓蘇肇鑫送到毒物科檢驗酒精濃度和毒品反應。

「心臟和肺臟都沒有被刺破。胃內容物尚有少許花生的糜狀物質，按理說，胃六小時就可消化排空內容物，所以死亡時間距最後一餐在六小時以內，你們可以靠過來看看。」徐易鳴剖開胃部後看了看說。

「Damn it！」王崧驊終於受不了湧上喉頭的噁心感了。

ε ε ε

根據家屬供稱，死者星期三夜晚十點多就單獨駕車外出，並未交待去向，當天老婆早早就寢了，並未留意是否有回來。老婆隔日發現老公不見人影，撥了多通手機，一直是關機中，也不怎麼在意，等到第三天有人上門要洽談生意，才覺得不對勁。

省道22線乙白天沒有川流不息的車水馬龍聲，只有零星幾台呼嘯而過的機車，晚上可想而知不會有多少人車經過，所以沒有人發現報案。區公所把經費都花在修補坑洞上，那條路不僅沒裝攝影機，連路燈壞了都覺得沒必要修。

『紅唇』Club是間舊倉庫改建的單點型夜店，幕後老闆是市議會副議長，背景很硬。夜店牆壁是清水模風的混凝土牆，沒有天花板，排風管直接顯露在暗黑冷色系裝潢上方，顯得既前衛又格格不入。各種情境燈光讓人目不暇給，製造出來的氣氛正適合給夜行動物充滿活力的一晚。

每間包廂與大廳隔著磨砂玻璃，內部時髦奢華又具最佳隔音效果，一點都不會感受到舞池震耳欲聾的音樂，讓裡面的紅男綠女享有高度的隱密性。

夜店越夜越美麗，人聲鼎沸，龍蛇雜處，也是工商名流帶網紅、小模聚會的場所，消費不貲，一杯酒至少兩百元起跳。

林清源是夜店的常客，作風海派，小費給得很大方，時常和小弟在此聚會喬事情，碰到淑女之夜時，則有時候一個人開那輛賓士跑車帶不同女子尋歡。根據酒保、泊車小弟的供詞，他離開時並無任何異樣，也未注意到是否有可疑人士或車輛。

紅唇的監視畫面顯示林清源週三晚上十點半左右獨自進入Club喝酒，午夜兩點左右一個人駕車離開。勤區警員調閱了幾家酒吧、ＫＴＶ、夜店的監視器，又調閱附近十字路口及便利商店錄影帶比對，看不出來離開市區之前有任何可疑人車跟蹤他。

5

七月五日　星期四

孫幗芳和小分隊長王崧驊坐在Toyota Corolla Altis警用車內看著林清源的社區。攤在方向盤上的「今日晨報」社會版登出林清源走出紅唇夜店的模糊照片，應該是從酒吧的攝影機截取下來的，聳動的標題寫著：F市餐飲大亨死於非命。

「這種座落在重劃區精華地段，周邊有小型公園，離明星學校學區及商區又近的房子，房價肯定令人咋舌吧？」王崧驊羨慕的聊著。

「有錢人的生活豈是我們這種階層的人想像得到的。對了，我聽說我還沒到刑大隊之前，林清源早就在這裡建立了毒品王國，怎麼我們都抓不到他的把柄？」孫幗芳疑惑的問道。

王崧驊是個大塊頭，有著常上健身房的雄渾肌肉和隨時散發的雄性激素，但個性憤世嫉俗，有時固執得令人不敢恭維。當小分隊長已好幾年了，平時給人感覺散散的，並不是急公好義那一型，不知什麼原因一直升不上去。講話時，會夾帶著英文的罵人字語，要不就像連珠砲般劈哩啪啦的，旁人都要豎起耳朵才聽得清楚。

他說：「不就後台硬嘛！他老爸原本是地方角頭，黑白兩道都吃得開，到他兒子就更坐大了。是有傳聞說他涉及毒品，但抓到的都是小嘍嘍，供不出他才是幕後藏鏡人。而且聽說他和議會某幾個議員交情匪淺，真的出事了，判了刑，恐怕最後也無疾而終。根本就是bullshit！」他的嘴型隨著shit尾音噘了起來。

「像這次毒趴死了人，媒體報了好幾天，上頭要我們給個交待，緝毒組才雷厲風行地動起來。雖然抓到他了，還不是交保候傳。」王崧驊嘆了一口氣。

經過社區入口那位穿著體面的警衛盤查、登記訪客姓名後，兩人將車緩緩駛進林清源家，停在花開得欣欣向榮的花壇前。

王崧驊正要按門鈴，大門忙不迭地嘎吱的打開。站在玄關的林太太——或者稱被害人遺孀——雖是四十多歲的半老徐娘，但風韻猶存，只是近看似乎肉毒桿菌打過了頭，好像該有的皺紋都被神奇地撫平了，但卻是一張毫無生氣的臉孔。

鬆垮垮的連身套裝將她鬆弛的身軀遮掩住，很像一顆用麻布袋罩住的馬鈴薯，看來是只注重臉部但無暇到健身房運動消耗多餘脂肪的貴婦。時髦但不符年紀的髮型和駝色挑染，也不像正在服喪中。

「社區警衛剛打電話來，說你們來了，請進！請進！」林太太笑著做了個請的動作。

林宅是棟透天三樓半別墅，從外觀看不出有多大，但光客廳少說也有15坪大，裝潢考究，一看就知所費不貲。環顧四周，電視櫃上除了電視外，電視左邊是一把未開封的武士刀及刀架，右邊是DVD播放器，兩座半人高的紫晶洞各自擺在櫃子兩端。

主沙發後面的牆上掛的是一幅用硃砂寫的草體『如』字的字畫，還有幾個小字寫著大吉大利與事事如意，落款人叫陳斌男，不知何許人也，就和古玩拍賣店裱好掛叫賣的字畫差不多。

除了精緻的茶几及厚實精緻大ㄇ字型的真皮沙發上雜亂無章的書報外，看起來一塵不染又井然有序，可見平時有請清潔人員週間來打掃。從客廳望進餐廳，光華亮面的不銹鋼餐桌進入眼簾。

客廳裡60吋液晶電視正重播著昨天某台的政論性節目，名嘴及各黨政客們正口若懸河的大放厥詞，以過份亢奮激昂的語調，聲嘶力竭為自己的論述爭辯。孫幗芳想到還有五個月就要九合一選舉了，每個辯才無礙的名嘴、政客早就摩拳擦掌要上電視增加知名度及曝光率。各台的談話性節目正好提供一堆自稱評論家、觀察家們揶揄攻擊對手極佳的舞台，好像冠上某某『家』、某某『神』，身價就高人一等，公然放屁還有通告費可拿，在自圓其說兼具娛樂效果中賺進大把鈔票。

「請坐，別客氣，先吃點水果。兩位喝咖啡還是茶！」女主人熱情的招呼著，並在主沙發上坐下。

孫幗芳和王崧驊分別坐在茶几的兩端。「謝謝妳配合我們警方做調查，這是例行公事。首先先致上哀悼之意。」

孫幗芳說完客套話後就打開天窗說亮話：「不用麻煩了，我們訪查完還另有要事要辦。能否先請教妳有關妳家成員及妳先生的事業版圖？」

他們來訪前就已先就林清源的身家背景做了一番調查了，背後有些勾當就如眾所周知的，確實不單純。

「我們有兩個小孩，都在外地讀書，他還有個姊姊，早就嫁到美國了。」她沉思了一會道：「我和我先生結婚二十多年了，我娘家在G市，兩家也都算是望族吧，是親戚介紹認識的。剛結婚時因公公事業就已經做得有聲有色了，所以我先生就一直在幫公公經營家庭事業。」

「什麼樣的事業？」

「主要是營造業，也投資一些生意。他都不要我插手，其實我也不是很清楚。」她語帶保留。

「幾年前我公公去世，我先生就接管了全部家業，有個成語叫克紹箕裘是吧，公司在他經營之下，倒也獲利不少。另外還開了幾間餐廳，……」

「我知道，開幕時很轟動。有一棟是專做中式的，從港式飲茶、川蜀麻辣鍋、粵式私房菜、經典江浙菜到台式手路菜，正好一樓一間。」王崧驊搶著說，「還有一棟則是外國美食，從一樓到五樓是日式『輕料理』、韓式『歐巴烤肉』、『泰式不一樣』、『法式米其林』、義式『窯烤吧』，我和我老婆常去光顧喔。」他如數家珍地幾乎把店名都講出來了。

「他平常的生活作息呢？」孫幗芳急忙轉移話題問。

「除了上下班交際應酬外，生意人嘛，你們也知道的，夜夜笙歌、夜不歸營是常有的事……」她欲語還休。

「交友情況及生意上往來的伙伴呢？」

「呃，是這樣的，他交遊很廣闊，常常和兄弟啦、換帖的啦、麻吉們喝酒談生意，很多我都不認識，只有公司幾個經理、課長聚餐時會見個面，還算熟。」她的語調緊繃。

「有和人結仇嗎？」

「和人喬事情、拜碼頭之類的總是會有，生意上爾虞我詐、逞兇鬥狠的，也難免會得罪人，但他不會把這些事讓我知道，反正我一個女人家也幫不上忙。」

「妳有沒有涉及公司財務？」王崧驊問。

「錢財幾乎是我先生在處理，我從不過問他的事——包括公事和私事，只要按時給我安家費就好了。」

王崧驊反芻著這句話：但妳知道妳家的豪宅、名車是怎麼來的。

「我必須冒昧的問妳，妳和妳先生的婚姻關係如何？」孫幗芳提問。

「今天算是正式訊問嗎？」一陣的鴉雀無聲後，林太太宛如游泳者浮出水面後深深吸了一口氣，再吐出這句話。

「不算，但我們會做一份非正式的筆錄，有必要時也會請您移樽到市警局一趟。」

「嗯……」她沉吟了一會，像是說出口前需先斟酌一下。

「我承認我們夫妻感情不是很和睦，平時吃的、穿的、用的是不虞匱乏啦。我剛說了，他交際應酬夜夜笙歌，又有不少紅粉知己，而且，唉，我不知該不該說……，

「其實我們很久沒有魚水之歡了。」她嘆了一口氣，平靜的說著，沒有情緒上的起伏波動。

「說出來不怕你們笑，我們根本就是貌合神離！」她囁囁嚅嚅的說，「我猜想你們過來之前就事先訪視調查過了。我一時之間也不知是不是被鬼迷了心竅，就和一個男人勾搭上了，

「我們是跳國標舞認識的，我先生曾找人痛毆他，後來就散了，也沒再聯絡。」說完又不甘心地說：「但他和不三不四的女人亂搞，我可都是睜隻眼閉隻眼。」她再嘆了一口氣。

「方便提供他的姓名和地址嗎？」

王崧驊在筆記本上記了下來。

「對方有提出傷害告訴嗎？」

「他哪敢！」

「為什麼？」

「不想死得不明不白吧。」她苦笑了一下。

「妳有發現妳先生最近有何異常的舉止嗎？」

「還好咧，看不出有什麼不對勁或奇怪的地方。」

「幾個月前你先生被抓到販毒的事，妳知道多少內幕？」

「販毒的事我完全不清楚，真的，他被抓我才知道。我發誓，我要知道他在販毒，我一定跟他離婚。」撇得一乾二淨，孫幗芳忖度。

「有覺得可疑的對象會對他下毒手嗎？還是幫派互爭地盤？」

「我真的不清楚，你們可以去問問公司的員工。」

「我們當然會去一一調查。另外，妳知道妳先生小指是否戴有一枚戒指？」

「有啊，只是一般鈦合金戒指，沒啥價值，倒是無名指的婚戒值錢多了，要拿也是拿那只才是呀。」

「六月二十七日晚上9點至六月二十八日上午你人在何處？做些什麼？」

「不在場證明喔。嗯……，當晚只有我一個人在家看電視，看的是『緯來』十點至十二點播的韓劇，一齣是《爸爸好奇怪》，接著播《結婚契約》，我可以講出內容在演什麼。」

「了解。」

「我希望你們警方趕快抓到凶手，將他繩之以法。」

「放心，我們會盡全力追緝凶手的。」

ఽ ఽ ఽ

「你覺得他老婆有嫌疑嗎？」孫幗芳和王崧驊開車回刑大隊的路上，孫幗芳這麼問。
「老婆長期受老公掌控。」王崧驊答，「兩人品味不同，從客廳的擺設都是老公的品味可看出端倪。」
「這你也看得出來？真服了你！」孫幗芳打趣的說，
「老公自己花心，財政大權又攬在手裡，老婆出軌是遲早的事。」
「老婆有沒有嫌疑等再詳細點調查才能下定論，你先去查一查這個叫什麼來著的情夫吧，」孫幗芳翻了翻筆記本，「喔，在這兒，他叫丁添磊。」
「還有，她講的那兩齣韓劇也要查一查。爸爸好奇怪？結婚契約？你看過嗎？光聽片名就覺得和她的生活寫照滿契合的，不是在呼攏吧？」孫幗芳煞有其事的說，「對了，為什麼男人尋花問柳就說是逢場作戲，女人紅杏出牆卻是鬼迷心竅？」

6

七月十四日　星期六

王崧驊率領兩個偵查佐在紅唇夜店守株待兔兩個夜晚了。

今晚王崧驊一如前兩晚坐在吧檯靠近洗手間的位置，從這裡可以縱觀全場，不論是舞池裡群魔亂舞的紅男綠女，每桌喝得爛醉的曠男痴女，想要釣一夜情的孤男寡女，形形色色進入包廂的人，都一覽無遺。

有幾桌看似呼朋喚友來消磨一晚的，嘻笑喧鬧聲堪比喇叭流洩而出的音量。

邱芝蓉是從緝毒組借調來支援的，王崧驊要她和柳毓仁假裝成一對情侶，設法找到夜店監視畫面裡面賣白粉或安非他命的人，裝扮上即使沒有癮君子的病容，至少不要太引人注目。

「少年耶，你一個人來喝酒啊？」

見鬼了，妳是喝茫了還是眼花，老子都四十多了，只不過今晚穿的襯衫花了一點，搭件牛仔褲看來年輕好幾歲而已。

但被人叫少年耶，心裡還滿爽的。

王崧驊一轉頭，是個打扮入時，頗有幾分姿色的少婦，手裡端著一杯快見底的馬丁尼，一身酒氣坐到他身旁空的椅子上。

「請你喝一杯如何？」婦人開口道，「看你一個人坐在這裡好久了，等人？還是……？」

王崧驊沒有拒絕，耗了一晚，來點餘興節目也無妨。

「是啊，一個人，來喝酒解悶。」

「以前沒見過你耶。」

「這星期被公司調來出差。」

「難怪，」婦人說著說著身子不自覺就挨了過來，同時跟酒保點了一杯馬丁尼。「跟我一樣的，還是make it two？」

「蛤？喔，啤酒就好，謝謝。」

「一個人出差很無聊吧？」一隻手搭上王崧驊的左肩，他頓時詫愣了一下。

「呵呵。」

王崧驊感到腎上腺素急飆，平時什麼大風大浪沒見過，怎麼可能栽在這裡。他斜眼看了隔了幾桌的柳毓仁和邱芝蓉一眼，只見兩人臉上掛著不懷好意的奸笑。

「妳也一個人啊？」他一直在注意監視畫面裡的一男一女，沒特別留意過這個女人。

酒保很快就送上兩杯酒。

「Cheers！」

王崧驊舉起酒杯喝了一口。

「呃，」婦人故意嬌羞地打個嗝，「你要一個人整晚耗在這裡嗎？」

王崧驊從她的眼神瞧出幾分。

「喝完就要回去旅館了，下週一的報告八字還沒一撇呢。」

「那，有沒有意思……？」婦人的手不安分的摸著他的大腿。

「不好吧？」王崧驊扭捏起來。

「怎麼？怕對不起老婆？瞧你左手無名指，應該結婚了吧？」

「呵呵呵。」王崧驊只是尷尬地笑著。

時間彷彿停止了一分鐘。

「算了，和你相談甚歡，我可沒說我是一個人喔！」婦人說完，扭頭向王崧驊背後一桌同樣珠光寶氣的兩名少婦比了個中指。

「我和我的同伴打賭可以釣上你，你害我輸了今晚的酒錢，不過還是謝謝你啦！」說完就往那桌邁步而去。

「Shit，老子竟成了貴婦們打賭的籌碼，簡直是陰溝裡翻船。」王崧驊心裡罵著自己，卻瞧見柳毓仁和邱芝蓉兩人已笑得忍俊不止。

ஐ ஐ ஐ

舞池裡現在有兩三群人隨著音樂搖頭晃腦，擺動身軀。女生們穿著短背心、短褲、有跟的踝靴，跟著Bruno Mars的《Uptown Funk》節奏扭腰擺臀，擺出最性感的舞姿。同樣是男生的一群，動作很大，很high，好像裝了勁量電池，各種誇大突兀的動作，擺明了是要吸引旁邊四個自成一群的辣妹。

造型燈飾搭配燈光球及ＬＥＤ投射燈，照在裝白癡、裝可愛、使出渾身解數的男男女女臉上，反射出一種詭異的氣氛。有的眼神迷茫散渙，陶醉在聲光音浪中，隨著Up－town－funk－you－up，Up－town－funk－you－up勁爆動感的節拍不由自主的點頭抖腳，一看就知道，不是被酒精就是被毒品催化後的後遺症。

「目標出現了。」邱芝蓉一個眼尖，向柳毓仁打了個pass。

九點鐘方向，目標正和幾個剛從舞池跳得渾然忘我下來的男生搭訕攀談，沒多久其中一位就和他雙雙從王崧驊面前經過，走進男廁。

王崧驊嘴角不由得泛起一絲微笑。

「教你的黑話都記得吧？」邱芝蓉再三向柳毓仁求證，以確保不會露出馬腳。

「安一百個心啦，我背得滾瓜爛熟了。」

等目標走出來坐定後，柳毓仁慢慢的踱到他身邊。

「嘿，聽我朋友說，你有在賣衣服（安非他命）和褲子（Ｋ他命）？」

目標抬頭看了柳毓仁一眼，不疑有他就拉開旁邊的椅子請他坐下。

「是有賣衣服喔。」

「衣服髒不髒（純度如何）？」

「放心，不髒，不用洗（很純，沒有亂加東西）。」

「不賣褲子啊？」

「賣褲子沒搞頭，我還有四號（海洛因）和燕窩（FM2與白板之混合物），要不要？」

「四號是細的還是粗的（一級品還是二級品）？」

「放心，絕對不是普貨（二級品）。」

柳毓仁裝作慎重其事在思考的模樣，抿著嘴不發一語，明顯在克制著獵物到手的情緒。

「要多少？第一次見面嘛，算你便宜點，給個人情價。」

「怎麼賣？」

「褲子有41仔（0.94公克）和81仔（0.47公克）兩種包裝，各4000元和2000元。四號1手（5公克為一手）45000元，也可以買1公克一包。」

柳毓仁故意招了招手指，「我要10包41仔，1手細仔，有現貨嗎？」

他眼睛亮了起來。「開玩笑，去遊車河[5]才有。」

---

5 藥腳上藥頭的車後，車子在路上亂繞，再於車上交易。

王崧驊和邱芝蓉小心翼翼地尾隨在目標的車子後頭，他們不確定目標的車上有多少幫手？有沒有武器？柳毓仁有沒有可能被視破手腳？逼不得已時會不會發生槍戰，街頭火拼？

「除了安公子（安非他命）、四號和燕窩你還有甚麼好貨？」柳毓仁和坐在駕駛座上的目標聊了起來。

「夜店和PUB常見的搖頭丸、老鼠尾巴（捲成香煙狀的大麻）都有喔，有沒有興趣？」

「真行，都怎麼來的呀？」

「你要多少？我都可以給你。」他就是不說貨源來處。

「也不知道是不是真的不髒？」

「安啦，髒的話，下回在紅唇碰到，我頭給你。」

「真愛開玩笑，我要你的頭幹嘛？我回去問我老大才知道。」

「你的老大是誰？」

「Abura桑，混中西區的。」柳毓仁胡謅一番，差點穿幫。「你認識嗎？」

「不好意思，沒聽過。我不是混那區的，平時我都到處跑夜店啦，酒吧啦，不固定，你知道的。」他向柳毓仁使了個眼色，好像柳毓仁原本就該知道一樣。

當目標的車停在『南方公園』馬路邊的停車格後不久，王崧驊就一馬當先跳下車。

王崧驊把槍對準范若洋，此時的他驚訝得下巴差點掉下來，而他的手上正拿著幾包安非他命和海洛因。

7

兩個月後

八月三十一日　星期五

某一家報社的地方記者正在黃色警戒帶外面伺機而動，照相機正喀嚓喀嚓響個不停，他就像禿鷹看到腐肉那麼興奮。幾個圍觀的群眾正好奇的在交頭接耳，似乎不相信純樸的鄉下會發生命案。

鑑識小組已事先對地面進行勘察，打開了案發現場通道[6]。孫幗芳一行人從農地接臨馬路的入口望進去，是黑魆魆一片，深不見光的黝黑樹林，一棵棵陰鬱高聳的樹木往上延伸，遮住薄弱的天光。

從地政事務所調閱的地籍謄本顯示，屍體所在的農地是一位胡姓地主所有，雖然登記在他名下，但早就舉家搬到北部謀生，農地就棄置著不管，任其荒廢許久了。因此形成大片幽暗樹林，

[6] 案發現場通道指的是，從案發現場外非保護區域通往有屍體的現場的通道。痕跡鑑識人員對案發現場的地面先進行勘察，畫出可能存在痕跡物證的地方，然後法醫會在不踩踏被畫出區域的情況下，進入中心現場，對屍體進行初步檢驗。

和老劉的農地迥然不同。

越往裡面走，則是一片濃得化不開的氤氳濕氣，雜草有半個人高，還得小心避開掛在蜘蛛網上的蜘蛛。那些絆腳的攀藤類植物牽纏迤邐，一不小心就差點絆倒，更讓人覺得不踏實的是許多叫不出名的蟲子在套著紙套的鞋子上爬著，雖然褲管已束縛起來，會不會找到縫隙鑽去可沒個準。

案發現場經過連日大雨後，還存在多少跡證可採用，大家都心知肚明，應該是乏善可陳了吧。

「嘿，這種鬼天氣真不是辦案的日子啊！」小分隊長甄學恩抱怨著說。

「得了吧，凶手殺人還挑日子呀？」孫幗芳沒好氣地白了他一眼。

「妳瞧，天空烏雲密佈，雨勢又有一搭沒一搭的。」甄學恩正說著，雷聲在遠處就不時伴隨著閃電轟隆做響。「看來另一場豪大雨已蓄勢待發，不加快動作不行了。」

持續飄著的小雨讓水滴在灌木樹上形成小瀑布，佝僂的枝幹遍生著青苔、地衣，很多植物都被小花蔓澤蘭、菟絲子給攀爬、緊勒、覆蓋而枯萎了，剩下光禿禿的枝幹看不出原來的樣貌，連牛筋草都有小腿肚高，徒增犯罪現場鑑識蒐證的困難度。

鑑識小組的許佑祥戰戰兢兢地踩在連日大雨的泥濘土地上，既要避開歹徒的腳印，又怕一個不小心滑倒，還真有點寸步難行，幽暗的天色又徒增了鑑識的挑戰性。拍照時閃光燈每一次亮起，都像是沉默的尖叫。但除了老劉和小黑及其他動物明顯的腳印外，已形成一個個小水窪的模糊腳印已不具採證價值。
「許組長，跡證採集得如何？」孫幗芳一腳高一腳低的走過來。
許佑祥搖著頭說：「屍體四周和農地後方的小溝渠發現的裝屍袋附近，只有被咬碎的塑膠袋碎片和被雨水打落的樹葉，犯罪現場已遭嚴重破壞了。」
「指紋呢？」
「塑膠袋、綁繩都採集不到指紋，鞋印更不用說了。」他再拍了幾張照片後，將防水相機放進蒐證箱內。
孫幗芳和甄學恩舉步維艱地再往前挺進。
眼前的景象令孫幗芳發毛，不禁打了個寒顫，不是因為冷冽的空氣，而是眼前這幅景像令所有人感到侷促不安，渾身不自在。
「徐法醫，你已經到了啊？」甄學恩開口跟正蹲在以兩層黑色塑膠袋裝著屍體前面的法醫徐易鳴打招呼。
在徐易鳴眼前的是一袋被撕咬破的、袋口被好幾圈一般的塑膠尼龍繩牢牢綁緊的、看起來和一般垃圾袋沒兩樣、還用兩層裝著屍塊的塑膠袋。
說是屍塊，其實就是沒頭沒手腳的軀幹。
「袋子都破成這樣了？」孫幗芳蹙著眉。
「你們來得正巧，」徐易鳴向他們點了點頭，算是打過招呼了，戴著口罩的聲音有點甕聲，

「也許是連日大雨沖刷後，一部份塑膠袋暴露在爛泥外面，引來野狗野貓啃噬。

「是具女屍，外觀還有女性的特徵可辨識。你們看，頸部斷面處已流出墨綠色腐敗液汁，又腫脹得很嚴重。」

眼前的屍體乍看之下像塊發脹的、有著胸部的饅頭，包著不知什麼內餡而流出汁液，想來已丟棄一段時間了。掩埋屍體的地方，四周是密密匝匝的竹林，竹子長得鬱鬱蔥蔥的，被雨水潑灑得發出窸窸窣窣的聲音。

「肌腱末梢已呈現黑褐色，還有不知名的蟲子爬行及少量蒼蠅在四周盤旋，蛆蟲不多，被狗咬破袋子後，屍體應該曝露在空氣中不久。」徐易鳴邊說邊揮手想趕走在頭上那黑壓壓，密麻如雲的蚊子。

站在甄學恩一旁的偵查佐程灝慘綠著臉，腳步虛浮，急促的呼吸著，惹得孫幗芳不禁竊笑。

「你要不要先到一旁呼吸幾口新鮮空氣？」

不說則已，一說程灝就一陣反胃感襲來。

「很多菜鳥的胃無法承受這種場面，」素有『甄大膽』稱號的甄學恩笑著對他說，「遠一邊去吐，不要污染了犯罪現場。」

若說發臭的海鮮味道已經夠臭了，和濃厚的屍臭味比起來根本微不足道。程灝想要強忍著湧上喉頭的膽汁，硬逼回胃裡，不料吐得唏哩嘩啦。

許佑祥在屍骸的肛門及陰道以棉花棒擦拭採集檢體，同時採集毛髮，並仔細篩檢是否有不屬於她的毛髮。他開啟多波域光源掃描機掃描，在土地上、塑膠袋上沒有任何血跡反應，也沒有掃描到指紋的紋路。

農地後方小溝渠過去十幾公尺有戶人家，養的狗一陣陣的嚎吠聲傳來，引來更遠處野狗的嗥叫聲此起彼落，想必平日人煙罕至的地方突然來了這麼多人，侵犯了牠們的地盤，更增添了毛骨悚然的氛圍。

一支左手的肘臂連著手腕和手掌，就在數公尺開外的溝渠石頭縫之間載浮載沉。

「四肢被切成八塊，」徐易鳴數了數，除了左手的肘臂外，裝著四截雙腿和三截手臂的塑膠袋也在聽得到潺潺流水聲的溝渠邊尋獲。

「埋得並不深，也許是下過雨後土質鬆軟而露出地面，肢體有幾處顯示爪痕和楔型齒痕，掠食者應是野貓或野狗。」

大家都看得呆若木雞。

「簡直是被大卸八塊嘛。」甄學恩雖然感到恐懼感籠罩全身，仍故作淡定狀。

「凶手分屍是為了方便棄屍還是刻意混淆警方辦案呢？不知和死者有何深仇大恨，手段竟如此喪心病狂？」孫幗芳不禁心頭揪了一下，「這讓我想起天主教的聖加大利納[7]，她死後頭顱和

---

[7] 瑟納的聖加大利納（Santa Caterina da Siena, 1347-1380），義大利人，14世紀天主教女聖人，1970年被教宗保祿六世封為教會聖師。

姆指從遺體上被割下來，送回家鄉錫耶納的『聖多明哥聖殿』，當成聖物受人膜拜，身體則留在羅馬，腳送到威尼斯。」

她再補充一句：「只是人家是聖人。」

「我當法醫也不算短的時間了，分屍案倒是第三回碰到。」徐易鳴說，「若有時間我把前兩次的分屍報告說給你們聽。」

穿著濕漉漉的警用雨衣辦起事來反而感覺更加悶熱，枯黃的濕葉子散發著像過熟水果般發酵的氣息衝擊著大夥的嗅覺，但畢竟好過腐屍的味道。成群的小黑蚊在頭頂上聚集成小黑雲，牠們伺機而動想要叮上幾口，嗡嗡聲不絕於耳，揮之不去。

大家鍥而不捨地想要找到頭顱，但方圓附近的農地多數像胡姓地主這種荒廢多時，又滿目瘡痍的景況，如此一來，搜查範圍就變得更寬廣了，光想要借道隔壁的農地越過，就已像是緣木求魚，但全部翻遍了也要找。

「歹徒會從那個方向、那塊農地進來棄屍呢？」孫幗芳一邊看著許佑祥將屍體指甲縫的殘留物刮進容器中，一邊在心裡推演著。「是在他處分解完再棄屍或是……，這裡怎麼看都不像第一現場。」

經仔細搜查鄰近幾處農地後，鑑識小組並沒有發現重物拖曳的痕跡，沿路或樹枝上也沒有衣服、雨衣、塑膠類碎片等可疑的證物。

「報告分隊長，還是找不到頭顱，是否需要申請警犬協助搜尋？」程灝回報說。

「去吧，附近的農地全部仔細搜查，就算被野狗叼走了也要找出來。」孫幗芳難得犯一次糊塗。

徐易鳴先將找到的屍塊裝入屍袋中，再借由老劉的農地將屍體運出來，鑑識小組仍不放棄，繼續在現場採集有價值、尚未被污染的跡證。

ꕤ ꕤ ꕤ

「頭顱有沒有可能被當成戰利品藏匿？還是丟到何處不想被害者被快速查出身份？」在警犬徒勞無功的搜索後，雨勢也漸漸變大了。收隊後，孫幗芳在車上一連丟出幾個問題。「是害怕與被害者的親密關係曝光，有不可告人的秘密？」

「兇手殺人動機還不確定，但挑釁警方的能力，將警方玩弄於股掌之間的意圖很明顯。」甄學恩已露出疲憊的神態，無精打采地說。

「從已知的分屍案知道，兇手不是有異於常人的舉止就是極度變態，若是有精神疾病的人下的手，我倒覺得不好破案。」孫幗芳憂心忡忡地說，「但近來動不動就將親密的人或沒見幾次面的人分屍的案子屢見不鮮，我懷疑又是有樣學樣。」

「不就是嘛，各種犯罪情節被媒體包裝成戲劇節目在播放，網路上隨手可得，根本就是在教人如何犯罪，想想就不寒而慄。」

孫幗芳咽了口口水，問甄學恩：「如果你是凶手，怎會選擇這麼隱秘的地方棄屍呢？不是說『遠拋近埋』嗎？會是凶手熟悉的地緣範圍嗎？」

「我要是凶手啊？嘿嘿嘿！」甄學恩發出像土狼般的笑聲，「我直接煮了來吃。」

「呿，我跟你講正經的，你卻瞎扯淡。」

「遠拋近埋好像是說分屍和棄屍地點的關聯性，」程灝原本一聲不吭地聽著，突然插上這一句，「還有『頭遠身近』、『小近遠大』的規律，但是否放諸四海皆準呢？歹徒不會故布疑陣嗎？我很懷疑！」

「小子，你還懂一些喔。」甄學恩以不可置信的口吻讚許地說。

「你倒說說看遠拋近埋、頭遠身近、小近遠大的特性。」孫幗芳嫣然一笑。

「我只是大致有個概念，說不準的。」

「無所謂，說來聽聽。」

「嗯，」程灝思量了一會才說：「『遠拋近埋』是分析凶手遠近的手法，若有埋藏屍體，一般是地點離凶手住處或分屍處比較近，好像是五公里以內。若是拋棄屍體，則是地點離得比較遠，凶手可能是外地來的。」

程灝見孫幗芳和甄學恩都微微點著頭，就像是打了一劑強心針。「『頭遠身近』則是頭顱拋得離凶手遠些，屍幹拋得近些。『小近遠大』則是……，是……」

「『小近遠大』則是把被害人屍體分得越多、越小塊，越不容易辨識，所以沒必要遠距離移屍。反之分得越少、越大塊，則分屍現場和拋屍地點越遠。」孫幗芳幫他補充說明。

「就是說嘛，」甄學恩氣餒的說：「凶手埋藏了兩袋，又拋棄了頭顱，若是符合『頭遠身近』，則不符『小近遠大』。凶手的犯案手法早就不可同日而語了。」

「被害人身首異處也怪可憐的。」

「我們要趕快找到頭顱，找出被害者是誰。」甄學恩以鄭重的語氣說，「另一方面，凶手帶著三袋屍骸，應該頗有重量的，我想是開車或騎車載過來的，程灝，你看有沒有辦法調閱監視器畫面。」

孫幗芳神情凝重的嘆了口氣。「這個地方那麼偏僻，我們一路過來都沒看到監視器，姑且試試看吧。至於目擊證人也只能碰運氣了，下這麼多天的雨，鄉下人恐怕足不出戶吧？」

隔天，網路上即時新聞紛紛出現各種馬路訊息，分屍案消息不脛而走。

快訊／老農巡視菜園驚見無頭女屍　警方積極追查凶手

嚇壞了！F市一名老農31日下午2時許前往自家農地巡視菜園，赫然發現隔壁廢棄農地有兩袋疑似遭分解的腐屍，嚇得老農立即報警處理。警方獲報到場後拉起封鎖線，鑑識小組即刻趕抵採證。

據警方偵辦小組可靠消息來源指出，遺體遭到肢解並已腐爛，外觀猶可辨識是一名女性，但並未發現頭顱，出動警犬搜尋也找不到。

檢察官隨後說明死者身分仍待進一步釐清，據初步研判，兇器是利刃或鋸子之類，不排除是死者身邊的熟人下的毒手。

8

「你這假冒為善的人！先去掉自己眼中的梁木，然後才能看得清楚你弟兄眼中的刺。」

——馬太福音7：1

「唷，你又要出遠門哪，這種天氣還得出差呀？」對門鄰居斜睨著我的旅行箱，對著我皮笑肉不笑的問。真倒楣，竟然碰到正要去遛狗的包打聽。

「秦阿姨好。是啊，這次會出差很多天。您家寶寶越來越胖了喔？」真噁心，誰會把一隻拉不拉多狗取名叫『寶寶』，而且和主人一樣肥得衣服都撐不下？

「是啦，是給牠吃多了，趁現在雨勢減緩了，趕緊帶寶寶去散散步，我也順便動一動。」看包打聽那一圈圓滾滾的游泳圈，對比老秦瘦骨嶙峋的樣子，想必食物都落到她肚子裡了。

「我最近有認識一位很不錯的女孩子，正想說要幫你介紹哩。怎麼都沒看過你帶女朋友回來？」她一副古道熱腸的樣子。

「是有一個在交往啦，但還不想這麼早定下來。」我隨便呼嚨她。

「告訴阿姨，阿姨又不會到處去廣播，呵呵！」

實在不想再跟她哈啦個沒完，再問下去我就要編造一個長得像舒淇的女友了。「好了啦，寶寶急著要去解放了，掰掰。」

我住的是沒有電梯也沒有監視器的舊式公寓，一個樓梯間貫穿六個樓層，每層樓只有兩戶對望。好幾戶都把鞋櫃放在門口，每次打開一樓的大門，就有一股腳臭味與泡過水的鞋臭味瀰漫在狹窄的樓梯間。

除了包打聽外，上下樓層的鄰居平時並不會打交道，也許世風日下，每個人都抱著明哲保身的態度過活，除非有好事者透過貓眼看到不該看到的事。

六樓B住的是在酒店上班的兩位妙齡女子；五樓A住著單身媽媽和兩個女兒；三樓A則住著一對情侶，每晚都吵得讓樓下的她心浮難耐……，所有八卦都是聽包打聽說的。重要的是，公所以沒有經費為由，從馬路至巷子口，再到公寓附近都沒有裝設攝影機。

半夜裡，那隻死狗總是吠個不停，對面的則睡得像死人一樣，這樣正好，不會壞了我的好事。

記得國三那年寒假，陪著老媽到外公鄉下家養病，左鄰右舍幾乎都養了狗。有一隻瘦巴巴、一身粗毛的老黃狗，每每看見我總是虎視眈眈的對我狺狺狂吠，齜牙咧嘴地要給我下馬威，彷彿我侵犯了牠的地盤，我極端害怕牠那白森森的尖牙會猛的撲上來咬我一口。

外公家的滅鼠藥隨手可得，若讓牠吃上一些，結果會如何呢？怎麼讓牠吃呢？我靈機一動想到一個好主意。

我把晚餐的一塊豬肉藏在塑膠袋裡，再將老鼠藥塞進去，為了確保不會掉出來，我還用針線稍微縫幾針。鄉下人晚餐吃得早，再看個電視就早早睡覺去了，我拿起剛完成的「實驗品」，壯著膽子找老黃狗去。

儘管牠瞳孔睜大得宛如要噴出火來，耳朵直豎，發出低吼的大嘴蠢蠢欲動，我的腎上腺素激增，也毫不畏懼地向牠挺進。

「狗狗乖乖，給你好吃的唷。」不等牠吠第二聲，我就把肉丟到牠面前，看著牠嗅了幾下，遲疑的望著我。「笨狗狗，吃完就可睡了喲。」我耐著心等你，就不怕你不上鉤。

終究是抵擋不住美食的誘惑，看牠一口將肉咬進去，我心裡一陣狂喜。過了一陣子，牠慢慢的倒下，發出嗚嗚咽咽的哀鳴聲，舌頭懸在嘴外，口吐白沫。我和牠的雙眼對峙著，看不出是懷疑、怨懟還是悔恨？我不帶一絲情緒，只知道我再也不怕狗了。

我曾親眼看過外公殺狗。先用誘餌捕抓再將牠擊昏，從頸部割喉放血，最後以熱水脫毛，將臟器取出後即可切塊料理。

每當回想起牠那溫熱的血液涓涓而下，垂死前的嗚咽抽搐，我就想到繼父未來的報應也理該如此。

聽說人類的血液約佔體重十三分之一，當失血三分之一以上就會死亡。沈曼莉這賤人的體重約45公斤吧，那麼血量就有3500cc，我很好奇是否真的放血1200cc就會死了？

我買了一台手提電動圓鋸，才三點多公斤重，輸出功率有1200瓦，轉速是4000rpm。我用豬大骨試了好久，不管是鋸切深度或角度都不棘手，輕便好用又順手，重要的是聲音不大。

雨水重重地敲打在浴室的窗戶上，發出啪噠啪噠聲音，妳的肌膚嚐起來也有著雨水的鹹膩味。蓮蓬頭撒出溫熱的水柱，我站在浴缸內，邊播放Maroon 5的《Girls like you》邊賣力地衝撞妳的髖骨時，妳嬌喘著問我，是否還記得有一次我們在一家隔音很差的商旅休息，隔壁房間情侶賣力演出的聲音不時透過牆壁傳過來，我們想出以更大的聲音壓過他們的點子。於是我們又再來一回以便回敬他們，那時妳竟一邊做，一邊笑得無法遏止。

你這蠢貨、臭婊子，我跟蹤你們到旅館時，看你們親熱的模樣，我感到一股酸味在口中泛起——那是背叛的味道。妳在床上是否也如法炮製，毫不掩飾淫蕩的聲音？妳在愚弄我嗎？妳把我當作替代品嗎？我以為妳只忠於我一人，但妳只是條淫蕩骯髒的母豬，竟然到處和別的男人上床。

和妳約在老地方見面後，我提議到我家去，妳說好。若是你不願意，我也想好了要如何把妳弄昏，再謊稱妳喝醉了搭計程車回去，只是這樣就多了一些風險。又萬一被鄰居看見了，我會假裝和他們不期而遇，含笑點個頭，畢竟大家住幾樓幾號都不知道。除了包打聽以外，誰又會在乎誰帶了女伴回來？況且此刻她多半和她老公窩在沙發看重播的韓劇。

我抽離妳的身體，把水管緊緊的纏勒妳的脖子，當妳死命掙扎時，我也射了。

晚上一直下著大雨，雨的拍擊聲正好蓋過電鋸的馬達聲，看準肩胛、手肘、大腿股、膝蓋幾處關節鋸下去，鋼片下刀處，血液與骨頭的碎片、骨屑飛濺起來。

電鋸快速運轉發出滋滋嘰嘰聲，產生的高溫把骨屑烤出一種味道來。

耳機裡播放的是Ed Sheeran的《Shape of you》，來吧，成為我的寶貝吧，讓我永遠佔有你吧。隨著妳身形逐漸分解，也讓我回憶起你生前的樣子，亢奮感宛如嗜血的蚊子在四周嗡個不停。

Girl, you know I want your love
Your love was handmade for somebody like me
Grab on my waist and put that body on me
Come on now, follow my lead
I'm in love with the shape of you
Come on, be my baby, come on
Come on, be my baby, come on
Come on, be my baby, come on

我把她可能遺留精液的陰道及口腔沖洗乾淨，再分成三袋裝起來，兩袋放到行李箱，一袋裝入手提袋。浴缸、浴室地板、洗手台及牆面任何有噴到血的地方都徹頭徹尾沖刷得不留任何血跡及骨屑。

沖刷完我再洗了一次澡。浴室被水氣充滿得灰濛濛的一片，鏡子抹清了，水氣又凝結在上面，扭曲了我的身軀，也模糊了面容。

我到底是什麼樣的人呢？我想我永遠也不清楚。

9

九月二日　星期日

沈曼莉已經好幾天沒來『茶磚』上班了，店長江敏雄也不以為意，反正這種下傾盆大雨的日子會到手搖飲料店消費的客人寥寥無幾，店長閒得發慌，正和另一個店員閒話家常起來。

「Ethan，Natalie這幾天沒來也沒請假，你有接到她的電話沒？」江敏雄的口氣透露著不高興。「之前已有過未請假被扣錢的紀錄了，真是罰不怕。」

「店長，我是有打手機給她啦，但都是關機狀態，她沒來上班，我要休個假都不行。」Ethan抱怨說。

「媽的，這種鬼天氣不知還要拖多久，我看哪，這個月你們都放無薪假好了。」江敏雄脾氣來了，「你下班繞個道去她住的地方看看，我給你地址，好歹同事一場，不要說我們都不關心。」

第二天勤區員警就找上門了。

「你叫Ethan啊，小帥哥。」員警調侃問。

「對呀，我最喜歡阿湯哥了，尤其是『不可能的任務』裡的角色，就跟著取了。」Ethan興奮的聊起來，長這麼大還是第一次被警察『訪問』。

「Natalie？你們都這麼叫她呀？」

「就曼莉姐嘛，昨天店長交代我下班後就去她家瞧瞧，我順道過去了，按了半天對講機才有人應答，還以為會吃閉門羹，」Ethan說完，停頓一口氣繼續說，「她的一位女室友也說好幾天沒看到她了。」

「就是呀，這幾天雨下個沒完，她沒來上班，又沒請假，我也很擔心她。」店長剛調給客人兩杯珍珠奶茶後就過來接受問訊。「以前她頂多翹一天班，扣個薪水，被我唸一唸就算了，從沒有連續三天曠職的紀錄。」

「所以你就叫這位小帥哥去找她？」

「是，我也不確定地址對不對，反正跑一趟準沒錯。」

「可是她室友沒報案。」

「這我不瞭解，以前是有聽她說和人分租一間小套房。」

「一個人住嗎？」

「也不清楚耶，沒聽她聊過，Ethan，你和Natalie聊過交友情況嗎？」

Ethan從容的回答：「是有聽她說男性朋友有很多個哦，但真命天子還沒出現。」

「說說她的外貌和特徵。」員警提出問題。

「長相啊——?不濃妝豔抹的話長得算清秀吧。對,她經常抹個大濃妝來上班,總是被我唸,當我這裡是什麼場所啊。」店長沉澱了一會後接著說,「個子不高,頂多155公分左右,挺苗條的,不會超過45公斤,還一直嚷著要減肥。頂著一頭我怎麼看都像刺蝟頭的髮型,她說那是造型。

「臉蛋嘛,五官很立體啦,左眼下方有顆痣,總是戴很長的假睫毛,眼睛眨著眨著,那顆痣就好像會移動。不要那樣看我,我只是形容她的眼睛很靈動。」

江敏雄自己覺得不好意思起來。「她笑起來會露出一對虎牙,很可愛。對了,沈曼莉左右手手背各有一個刺青,刺的是一隻翅膀,當兩手併攏再擺動起來,就成了一對飛揚的翅膀。」他補充說,「我調了她應徵時的履歷表給你看,上面有她的照片。」

「她在你這兒上班多久了?工作態度如何?」員警最後一個問題。

「不到半年,工作態度嘛,還滿勤快的,但就剛說的,愛翹班。」

警察按鈴時,對講機延遲了50秒才有人應答。

這是一間頂多20坪大小的出租公寓,經過房東的巧手隔間,從玄關進去,經過一條廊道,左右就是兩間套房。

兩個室友是一對男女情侶,異口同聲說已多日未見到沈曼莉,平日見了面也頂多點個頭、打聲招呼而已。彼此互動不是很熱絡,即使在同一屋簷下,其實並不瞭解對方的生活習性、工作狀況，更遑論交友情形了。

七、八坪左右的空間，放眼望去，床鋪丟滿了穿過的骯髒衣物和幾本過期的《柯夢波丹》雜誌；幾袋已發出酸臭味的垃圾任意擺置一旁；衣櫥打開，塞得滿滿的服飾幾乎彈跳而出，衣櫥下方第一格抽屜散置五顏六色的內衣褲，第二格抽屜是各種情趣用品；化妝檯上則被各種塗塗抹抹的化妝品擺放得再無多餘的容納之處，抽屜內是一堆廉價又華麗艷俗的手飾；靠牆的桌上還有沒吃完的洋芋片包裝袋和油漬斑斑的保麗龍餐盤，以及一台ASUS筆電。

毫無疑問，這是一間臭鼬的窩。

員警從她的衛浴室裡將牙刷、梳子裝入物證袋，準備給生物科做ＤＮＡ比對用。

第三天，犯罪科技偵查隊將勤區員警從沈曼莉住處找到的筆電破解密碼後，映入眼簾的桌面是張修過圖、cute版的沈曼莉，對著鏡頭擠眉弄眼、搔首弄姿。

是香消玉殞了？還是到何處旅遊未告知任何人（事先已從出入境管理局查詢過，並無出國紀錄）？

沈曼莉的筆電有安裝交友通訊軟體，其中有多個不同帳號的對話紀錄，還側錄了幾個不同男人的影像檔和語音檔。

有一段影片拍到匿名CandyBoy的網友赤裸著胸部，平坦的腹部下有一隻手正猛抽那話兒，一邊對著鏡頭和沈曼莉說著露骨鹹濕的對話。

六月一日01:05:25

CandyBoy：妳的乳頭已經硬起來了，好飽滿緊實的雙峰，我會輕柔的咬噬它、啃舔它。

（聲音不對勁，是偽裝的聲音嗎？）

娜塔莉：我也想品嚐你。

CandyBoy：咦？妳乳房下面的刺青不賴喔，何時刺的？

娜塔莉：就前陣子嘛，我還蠻喜歡的。

CandyBoy：乳環呢？真酷！

娜塔莉：刺的時後同時裝的，我覺得挺性感哩。

CandyBoy：我喜歡。我一直想遊走在妳的每吋肌膚，把內褲脫掉吧！啊，我好想聞妳的味道。

娜塔莉：我可以幫你吸，過來嘛。

（CandyBoy在調整鏡頭）

CandyBoy：那我可要進入妳的叢林探索囉。扭動一下，嗯，真漂亮，鏡頭拍近一點。手指進去，不要停。

（嬌喘聲讓孫幗芳聽得整張臉羞得面紅耳赤）

CandyBoy：噢，妳就像一頓豐盛的義大利美食大餐，讓人想大快朵頤。

……兩人的喘息聲伴隨著抽送的律動愈來愈大）

CandyBoy：要我射在妳臉上嗎？還是胸口？

（01:19:17，螢幕上CandyBoy的老二一陣哆嗦痙攣，配合著沈曼莉從喉間發出呢喃喟嘆聲而達到高潮。螢幕鏡頭聚焦在肚臍上方一會兒。可能在擦拭清理吧？

咦？你看右邊腹部，對，停，就是腰部靠近髖骨那裡。好像有個胎記還是刺青？放大，停，不是很清楚。影像都放大成顆粒狀，焦距已變得模糊了，但好像刺著一顆心，中間有字，是歌德體的Kate嗎？還是hate？solute？）

CandyBoy：High嗎？

娜塔莉：是啊，謝謝你。

CandyBoy：下次約見面吧？

娜塔莉：嗯。

（20分鐘左右的側錄）

七月五日　01:50:40

午後陽光：我們放下車庫鐵捲門，一路從車上吻到客廳，一面吻著脖子、耳垂、胸口，一面用手指輕輕撫慰妳溫暖的肌膚，在妳全身磨蹭。

娜塔莉：乳房好看嗎？

午後陽光：呃，我舔著妳粉紅的乳頭，太甜美了。兩手盈握的乳房剛剛好。

娜塔莉：我正想像你有隻大屌哩。

午後陽光：妳很壞喔！不能太需索無度啦。

娜塔莉：（一陣呵呵呵笑聲）

午後陽光：我現在要探索妳牛仔褲底下的敏感地帶囉！

午後陽光：嗯，稀疏又柔順。

娜塔莉：我喜歡你用舌頭和手指進來。

娜塔莉：啊，好刺激的鬍渣！

午後陽光：來，幫我吸，寶貝，今晚妳就是我的皇后。

娜塔莉：我會讓你欲仙欲死喲！

午後陽光：喔，妳撩得我慾火焚身（聲音幾近在嘆息），現在跪下，我要從妳後面進入。

午後陽光：我抓捏著妳的臀部猛烈衝撞，呃呃呃……我們一番激烈交合，Oh my god！

（喔喔聲不斷）……

娜塔莉：哇，雖然只是幻想的，但很刺激，你真有一套，我都濕了。（好幾聲呻嘆聲）

午後陽光：我也是。爽！下次玩ＳＭ如何？

娜塔莉：好期待喲。掰囉。

還有幾段和不同對象的淫聲浪語及媲美ＡＶ、不堪入目的側錄影片——看來沈曼莉很沉迷於網路性愛的歡愉中。

現代人已習慣在網路的虛擬世界裡，兩個萍水相逢的寂寞靈魂互相找到慰藉，有時候透過言語的愛撫、更刺激的性暗示，反而更能產生無限遐思和幻想，更具挑逗的官能性吧？

七月十日　02:20:18

大隻男：明晚十點同一時間老地方見，ＯＫ？

娜塔莉：ＮＰ，☺☺☺。

（是No Problem嗎？）

高子俊隊長最後下令從沈曼莉最後和誰見了面這條線索調查，同時等待鑑識組對牙刷、梳子上的毛髮與屍體的ＤＮＡ比對結果出爐。另外則寄望科技犯罪防治中心，看可否查到境外的跳板ＩＰ，追查沈曼莉交友通訊軟體上的網友身份、通聯資料。

無頭女屍是否就是沈曼莉呢？

10

九月四日　星期二

法醫徐易鳴早已習慣手術刀從肩膀兩側直到胸骨下方劃下一個Y字形時釋放出的腐臭味，謹慎又篤定，很清楚自己在做什麼，擺明了這裡就是他的地盤。

解剖後的腐屍味著實比現場還強烈百倍。

「你們法醫的嗅覺都這麼厲害嗎？怎麼可以忍受這麼強烈的惡臭？解剖室的通風設備已經開得很強了，屍臭味還這麼濃？」徐易鳴對甄學恩發的牢騷充耳不聞。

屍塊經過DNA鑑定為同一人後，才會無縫對接拚在一起成一具完整的軀體。三人望著拼湊好的無頭女裸屍，心想歹徒實在是心橫手辣。

「於頸部、四肢各兩截，共有九處鋸齒狀瘀青。頸部還有一圈『索溝』瘀血的勒痕，斷面生理反應[8]明顯，雖然沒有頭顱比對，但強烈懷疑是先被繩索或水管、電線之類的工具勒斃，導至機械性窒息死亡後再被分屍。」徐易鳴首先發難。

[8] 生理反應是用來判斷是死前、瀕死期或死後創傷的反應，死前創傷的軟組織會有充血、淤血、炎症、紅腫等反應，死後創傷的創面則不會有變化。

他用止血鉗指著脖子斷口橫切面說：「這是被勒縊的痕跡，雖然被切斷了，但下方的皮下組織有片狀出血，若能找到頭顱，而且鞏膜和結膜有點狀出血現象，就可確定無誤了。」

「我覺得我頭皮在發麻了。」甄學恩心有餘悸的說。

徐易鳴咯咯一笑。「這裡鋸齒狀工具的切鑿痕跡很明顯，靠過來一點，給你們上堂課。」

他用放大鏡觀察脖子斷口橫切面時跟著說。

「電鋸的切痕會比較一致，擦痕也比較光滑，最後切開骨頭的切面痕跡會比較凸出。剛鋸下去時的切口有些擦痕，形成帶角度的凹槽狀痕跡，喏，一開始有個『牆』，鋸點就是『底』，像壕溝一樣。」他邊說邊指著他講的地方要他們看。

「徐法醫，你的視角和我們真的不同耶。」

「當鋸齒變換不同角度時會造成凸起的『骨島』，此現象叫『滑刀』。鋸齒若沒有歪掉或移位，就沒有『錯傷』。」

「還是有聽沒有懂。」

「看，這地方就鋸歪了。而鋸片滑動會在溝狀切痕留下波浪峰谷，叫『波紋』。鋸齒密度、電鋸功率、轉速、角度都會影響滑動的『廣點』和『起點』。」徐易鳴講了一堆專有名詞，也不管他們兩人吸收了多少。

「徐法醫，你跟小蘇也是這樣解說嗎？我都頭昏腦脹了，而且腐屍味真的很臭。」甄學恩有點搖搖晃晃。

「你們聽聽就好，能吸收多少算多少，你若受不了就到一旁休息吧。」徐易鳴來記激將法。

他繼續查看拼放在冰冷鋼製解剖台上的軀幹與四肢的切口是否吻合。

「四肢斷面的皮瓣也不明顯，顯然不是用刀硬砍的，在軀幹及四肢的切痕都鋸得很一致喔，」徐易鳴再指著令人觸目驚心的屍體說，「經雨水浸泡多日後，加上冷凍及血液流失，屍體看起來會像蠟像館蠟白的蠟像，但還沒形成屍蠟狀，因為塑膠袋套著，多多少少延緩了腐敗的速度。」

「屍蠟很恐怖嗎？」甄學恩問。

「你可以去看一部電影，叫《恐怖蠟像館》，樣子差不多。」

「看得出年齡嗎？」

孫幗芳的狀況其實比甄學恩好不到哪裡去，只是還強忍著一口氣。

「雖然缺乏牙齒和顱骨，但由四肢的『長骨』來判斷，手肘、髖部、肩膀、腳踝生長板都已閉合，加上『恥骨聯合面』[9]的形狀推算，是介於25至30歲的成年女性，體型中等，身高約150至160公分。」

「徐法醫，你瞧這兒。」孫幗芳指著屍骸左邊乳房下方說。

---

[9] 人體左右兩側恥骨在骨盆下方聯合在一起，聯合的面稱作恥骨聯合面。這個面會隨著年齡增長呈現一種規律的改變，根據多個特徵點換算成數值，帶入迴歸方程式可計算出死者的年齡，誤差可小到±2歲。

「哦，左邊乳房下方有一個約五公分長，三公分寬的皮膚被利器剝除了。」

「是刺青或胎記嗎？」

「也許吧。」

徐易鳴再仔細檢查左乳頭後說：「乳頭有被撕扯的撕裂傷，或許是乳環之類的飾物被強力扯掉造成的創口。咦，上面有個穿洞的痕跡喔。」

「左乳乳頭有穿洞痕跡但沒有乳環，這倒讓我想起前兩個月一樁還沒偵破的毒犯被謀殺案件，什麼都沒被搶走，唯獨一枚戴在左手小指的戒指不見了。」甄學恩露出一臉憨笑的說，「乳環是沒戴上還是被凶手拿走？」

徐易鳴再舉起女性死者的左右手檢查，很明顯的，肘臂距腕骨十五公分處各有一個十公分長，五公分寬的皮膚被剝除，猜想是對稱的刺青。

孫幗芳突然想起來，「飲料店老闆有提到沈曼莉兩手的手背上各刺著一支翅膀，看起來很有可能就是。」

「把皮膚剝除是不想死者被認出身份吧。」甄學恩說。

徐易鳴開始對著腐敗的屍體解說。

「每具屍體腐敗的程度會因外在環境，如氣候、棄屍地點及本身內部條件，如胖瘦、疾病而改變腐化過程。」他看了快支撐不住的甄學恩一眼。

「棄屍地點的相對濕度、雨量等不確定因素也都大大提高了辨釋死亡時間的困難度。」他泰然自若地繼續說，完全不理會兩人對尚未解剖就已散發的腐屍味有多麼敏感。

「這次土壤裡的軀體腐化程度較半截在溝渠裡的左手臂嚴重，是因為左手臂不知何時被野狗叼銜到溝裡，溝裡的水溫又比土壤溫度低。」

「所以不同環境就會影響腐化程度？」

「若棄屍在沼澤裡，腐化程度就又不同了。」

徐易鳴下了一個沒有結論的結論：「總之啊，連日雨影響了土壤濕度，很難判斷死亡時間。」

「哈，總算有大法醫傷腦筋的時候了。」孫幗芳不忘調侃一番。

徐易鳴反將他們一軍。「你們知道嗎，腐敗的水泡被野狗咬破後會惡臭難聞，就像發酵了的動物內臟。別怕，過來聞看看嘛！」

孫幗芳和甄學恩都眉頭深蹙，做了個噁心狀。

「別顧著噁心。你們看喔，屍體的軟組織尚未完全液化，四肢表皮將近要脫落了，泡在髒水中呈現出墨綠色，還露出皮下組織，哇，還有少許幾隻蛆在蠕動耶！」

孫幗芳被逼得皺眉退縮，甄學恩則壓不住湧出的膽汁苦味，這下子真的衝到垃圾桶吐了。

「喔喔，不是有人叫做『甄大膽』嗎？」徐易鳴故意奚落他一番。

甄學恩漱口完後，順口咒罵了幾聲，他決定離得遠些，不再靠近解剖台。

「肛門刮約肌的組織鬆弛又有破裂，可能是被性侵或有肛交行為，但是新傷還是舊傷呢，屍體已經浮腫了，不好判定。」

徐易鳴做完最後的體表檢查後宣布說：「好了，體表大致檢查完成了，我們開始解剖吧。」

「胸膜有充血現象，是因窒息導致組織缺氧，毛細血管滲漏造成的。」徐易鳴手法利落，邊下刀邊解說。

「胃內容物是空了，十二指腸還有些食糜。你們都知道內臟腐敗的順序嗎？」

孫幗芳和甄學恩都搖著頭。

「小蘇，你來說說吧。」

檢驗員蘇肇鑫放下紀錄板，開始回答：「是從腸胃道的細菌開始的，接著是肝臟、肺臟、腦部，然後是腎、子宮。」

徐易鳴接著說：「不錯，綜合上述條件，死亡不到一個月吧，只能先下這樣的粗略判斷囉。」

「對了，和那個女生牙刷的ＤＮＡ比對出來沒？」徐易鳴倏然問起來。

「還沒啦，你也不是不知道比對ＤＮＡ要排多久時間。」孫幗芳莞爾一笑，「因為要拼湊屍塊才驗得比較快。」

「我想到有一種新科技可將犯罪現場找到的毛髮、皮屑、指紋等證物用來構築嫌犯可能的特徵和外貌，叫做『刑事ＤＮＡ生理描繪技術』。」

「現在哪來的經費啊？」

「政府經費不用在刀口上，盡養些肥貓，什麼時候把那些肥貓爽領的薪酬撥些過來就有經費了。」

「不就說什麼……保障人權嗎，所以也缺乏完整的採樣對象來建立ＤＮＡ資料庫，」孫幗芳黯然地說，「目前僅重刑犯、性侵犯等少數重大刑犯才有建檔。」

手機嗡嗡震動，孫幗芳的手機響起Camila Cabello輕快的《Havana》前奏音樂。

「喂，我是孫幗芳。」孫幗芳接起電話，心中的警鈴卻大作。

「找到一顆頭顱了。」

❦ ❦ ❦

悅來溪躺在明巖村青翠山谷中，沿岸都是隆起的小山脊，隨著四季變化，氣象萬千。蕃社古戰道全長約兩公里，步行時間約45分鐘，海拔不高，僅約500公尺。這條戰道是在日據時期，日本人為消弭原住民的抗日行動，沿著龍井山稜線而修築的道路，目的是將原料運送至龍井山山頂興建砲台。

黃永銘和兩個山友沿著步道陵線一路走來，悅來溪兩邊的的隱世小村落映入眼簾。明巖村歷經地震及風災重創後，觀光業一蹶不振，人口嚴重外移，更遑論觀光客會來造訪了。平時只有少數健行客會來走走的古戰道，沿途的植物生態是極為豐富的，坡度起伏也不大。

黃永銘三人走累了，正在涼亭休息，心想，這實在是條老少咸宜的大眾化健行路線。其中一人提議以悅來溪當背景拍幾張照留念。

當黃永銘拿著手機對焦時，就瞧見了鏡頭左前方有一包黑色塑膠袋隱沒在草叢裡。

在無頭女屍的頭顱遍尋不著的四天後，有人報案在蕃社古戰道發現一個黑色塑膠袋，發出強烈臭味，一名膽大的健行客以樹枝撥開塑膠袋一看，赫然是一顆頭顱。

頭顱四周的灌木有被踩斷的跡象，新舊痕跡都有。而足跡除了三個報案者的以外，只有被前幾天的雨水沖刷後模糊的腳印，沒有採證的價值。塑膠袋並沒有被掩埋，若被人發現也只會被當成一般垃圾看待，要不是塑膠袋有被樹枝勾破，腐臭味恐怕不太會立即散發出來。

顱骨被送到徐易鳴的解剖室後，他檢查頭顱的眼球和舌頭，已被腐敗氣體頂得有點突出，頭髮則牢牢地黏在臉上。她的鞏膜和眼白都充滿了血，眼球有淤血斑，眼瞼也有針點狀的出血，應該是先被勒死的。

經清洗後再和原先的無頭女屍拼湊成一具完整屍體，外觀約略看得出是沈曼莉沒錯。頸部鋸斷面也吻合，左眼下方有顆痣，牙齒有補過牙及小虎牙。再與經由健康保險署行文調閱沈曼莉常去的牙科診所的X光片比對後，確定就是沈曼莉的頭顱。

記者會後接下來幾天，各大媒體又大肆炒作無頭女屍命案。《真相》周刊更誇大地渲染，加油添醋，把加害者導向可能也是受害者角色，說凶手的犯罪行為有可能是因為從小缺乏社會、學校、家庭的關懷而導致行為偏差。

偏離真相的報導，只為了迎合讀者的口味。

11

九月六日　星期四

程灝端起水杯喝了一口，剎時感到一股辣勁辣到讓人腸子打結，他拼命咳嗽，淚水一湧而出，喉嚨像吞了一顆爆炸的原子彈一般，從脖子紅到頭皮，簡直痛不欲生。

他環顧所有同事，個個笑得前仰後合，樂不可支的。

「大夥跟你開玩笑的，」甄學恩笑呵呵的說，「隊上每個第一次到命案現場的菜鳥都會經此洗禮。」

「你……你們給我喝的是什麼鬼玩意兒？怎麼辣……辣成這樣！」程灝舌頭打結，猛灌水，試圖沖淡喉嚨和胃部的燃灼感。

「不就幾滴印度斷魂椒和卡羅萊納死神辣椒混合的辣椒水，」王崧驊一臉賊樣，訕笑著說，「兄弟，Hold on！」

「你別介意啦，大家都是開玩笑罷了。」孫幗芳也出來打圓場，臉上堆滿著笑容，遞過來一杯星巴克的卡布其諾。

程灝面有難色，拿也不是，不拿也不是，深怕又中了詭計，淪為笑柄。

「安啦！姊姊不會害你的。」又引來大家一陣捧腹大笑。
「明天哥我帶你去看屍體解剖。」甄學恩逗他說。
程灝一時語塞，語無倫次起來：「別……別再捉弄我了。」
「好了，各位，勞駕你們的屁股移樽到簡報室作案情彙報囉。」孫幗芳拍著手宣布說。
簡報室裡一片凝重的氣氛與靜默，與剛才辦公室的氛圍截然不同。
大家魚貫而入，看著坐在會議桌主席位置的高子俊一臉肅穆，眉頭深鎖，都不敢再喧鬧嘻笑。
會議開始，由孫幗芳先打頭陣報告。
螢幕上投射的畫面是一台賓士跑車——林清源就陳屍在上面。她清了清喉嚨說：「林清源的老婆剛開始打過幾通電話來詢問進度，後來就不再打來關心了，這個案子兩個月來還沒有突破性進展，大家都要再衝一下。
「之前幾次會議已報告過此案的驗屍報告，今天就不再贅言了。我把幾個疑點及鑑識相關線索彙總如投影布幕上的幾個事項。」語畢，她按了滑鼠一下，投影幕就出現幾項說明。
「首先，凶手的鞋印比對後確認是adidas的新款UltraBoost慢跑鞋。
第二，林清源屁股上白色的結晶體只是一般家用鹽。
三，車上的尿漬經檢驗後是林清源的。
第四項，現場綑綁林清源雙手的膠帶只是一般的黑色防水布膠帶，沒採集到指紋。

五，銬住雙腳的手銬也沒採集到指紋，手銬到處都買得到，如網購、生存遊戲專賣店。」

「還有情趣用品店也買得到啦。」一陣爆笑聲暫時沖淡了嚴肅的氣氛。

孫幗芳接著說：「六，襪子被死者的口水浸透了，暫時不花用DNA經費來檢驗，因為很難想像凶手對死者臭襪子有興致。」這麼一說，會議上凝重的氣氛稍微舒緩了些。

「最後一項，毒物化學組驗出林清源有毒品及酒精反應，他血液中呈現陽性海洛因、安非他命的反應，顯示有常期吸毒習慣。酒精濃度則每公升達0.2毫克，若死於酒駕失事都不意外。」

「我綜合了幾項調查方向，」她頓了會，按了滑鼠一下，看著大家繼續說，「一，販毒幫派幾個有前科的、林清源身邊的小弟、毒蟲都列入了重點調查，傾向是爭地盤引發的殺機。但這點比較花費時間，目前還查不出眉目及可疑嫌犯。」

「二，之前調閱過周遭十字路口、商家、便利商店監視畫面，都毫無所獲，是否要再詳細審視一遍？」有人點點頭，有人搖頭，不知是贊成重新審閱監視畫面，還是覺得太花時間？

「三，很多兇殺案不外乎金錢和感情糾紛，林清源的遺孀及情夫是有列入嫌犯在調查，兩人也已問過筆錄，交代過行蹤及不在場證明，涉案程度看起來不高。等一下請王小分隊長補充說明。」

「四，凶手刑求逼供的意味很濃厚，如此大費周章，卻只拿走一枚不值錢的戒指，是否有其他意圖也令人不解。」

「以上是我的報告，」孫幗芳看了高子俊一眼，只見他頷首不語。「接下來請王小分隊長補充說明。」

ஃ ஃ ஃ

王崧驊接著報告這兩個月來找到的線索。

「案發的前兩三天，有個目擊證人說他當晚過了11時左右，看見一輛怠速的車子停在義行路與新民街交叉路口逗留了好一陣子。所以會起疑，是因他進到雜貨店買煙時就看到，等買完出來正要點菸抽，一抬頭看到那輛車還在。

「當時光線很暗，他不確定車身是灰藍色或藍黑色，也沒看清楚車牌號碼，只說好像是M開頭，中間有個數字8。」王崧驊歇停著，誇張地嘆一口氣，「他說車內的遮陽板被拉下來，檔風玻璃也濛上一些灰塵，又貼著暗色隔熱貼紙，看不清楚車內的人。

「只有在車內的人吸煙時，從紅光隱約看到人形，所以他無法描述車裡的人長什麼樣子。沒多久，坐在駕駛座的人好像發覺有人在注意他，就急忙發動引擎往替代道路的方向開走了。」

「唉，」他又嘆了一次氣，「一般小型的雜貨店是在超商壟斷下苟延殘喘的，不可能裝設攝影機，可惜路口附近也沒有裝攝影機，目擊證人又對車子不熟，搞不清楚是什麼車款。」

這條線索大概沒什麼用——在場每個人都會這麼想吧？

王崧驊接著要播放一段審訊一位嫌疑人的錄影影片，他先解釋是夜店酒保舉報的。

「酒保案發後兩週才到警局報案，他說他後來才想起來，有一男一女兩個嫌疑人，案發前一個月每一週總有好幾天出現在夜店，但消費又不高，消磨一晚上只點基本酒水。以前沒特別注意到是否有這兩個人物，但因他們會找機會蹭到別人身邊，不知談了什麼，然後就到廁所去了，而且時間不長，他猜想是否有可能在交易毒品。」

王崧驊正經八百地說：「剛好案發當天，林清源前腳邁出夜店大門，他們後腳就跟出去。那個酒保早就知道林清源是個毒販，但不會也不曾去檢舉。」

「為什麼？」底下有人出聲。

「他說他還想活命，這是題外話。總之，當下三人是否有交易或其他關係他不得而知。」

王崧驊接著說：「夜店電腦設定每天自動清除一個月前的攝影資料，所以監視畫面還可搜尋到兩人影像，」他露出一個諱莫如深的笑容，「後來我在紅唇盯梢了三天，總算逮到他。」

「范若洋23歲，待業中，平時靠打零工維生，一個人租屋住在平松區，有販毒的前科記錄。」王崧驊看著手上的資料唸了出來。

影片中頂著一頭染著藍白相間色、嬉皮捲髮型的男子，左耳垂戴十字架耳釘，身穿米黃色的polo衫和流行的牛仔洞洞褲，翹著二郎腿。他用空洞的眼神斜視著王崧驊，一臉玩世不恭、屌兒啷噹的欠揍模樣，正是范若洋。

「五月一日至六月二十七日這段期間，你和一位女士每個禮拜有好幾天出現紅唇夜店，說說看你們在那裡做什麼？」王崧驊首先開口問。

「夜店嘛，不就是給人喝酒聊天的地方，下了班去輕鬆一下犯法了嗎？」范若洋嘻皮笑臉的答。

「我們調閱監視影片有看到兩位會分別找陌生人聊天，再到廁所去，是做什麼去了？」

「就聊天嘛，碰到志同道合的聊了一會。」他聳聳肩，眼神游移不定。

「你帶女伴卻專找男人聊天，你以為我是吃素的這麼好騙？以為掰個安徒生童話就唬得了我？你的女伴好巧不巧也是同性戀嗎？那個女的是誰？叫什麼名字？地址、電話、工作？」

「我剛交的馬子啦，真的，沒騙你！」他臉上出現狡黠的神色。「交友ＡＰＰ認識的，我都叫她Isabel，平時以LINE聯絡。我們真的只是去紅唇喝酒。」

「根本就是bullshit，你再拗啊，我現在就把其中一位你所謂志同道合的人叫進來和你對質。」王崧驊語帶威脅地說。

范若洋臉色驟變，像洩了氣的皮球。

「我……，其實我和Isabel真的是交友軟體認識的，見幾次面後就想到這個點子……，」他欲言又止。

「什麼點子？」王崧驊步步進逼。

「就你知道的……，呃，夜店買搖頭丸的人應該不少，Isabel以前就在別家夜店賣過。」他不再負隅頑抗。「夜店真的是尋找獵物的好地方哪。」

「藥頭呢？」王崧驊追問道。

「從Z市跟一個叫『黑龍』的人拿的。」

「除了賣搖頭丸，還賣什麼？仲介色情？老老實實交代清楚。」

「還有K他命、安非命、海洛因、大麻、FM2與白板。就這樣，沒別的了。」范若洋的表情漠然，但已不再那麼挑釁。

「哇，生意做得真大啊！」

王崧驊按下pause鍵，說明如何在紅唇堵到范若洋，並跟隨他的車當場逮到他在交易安非命和海洛因，內容多少有誇飾的意味。

敘述完後他再按下play鍵，影片中的他摸著下巴，思量著范若洋話中的真假。「好，這個先不說，我再問你，林清源你認不認識？」

「是有聽黑龍提過啦，但不認識。」他如坐針氈，應該知道警方主要是要釐清林清源的死和他有沒有關聯。

王崧驊一個鄙視的眼神過去。「你別跟我要把戲哦。」

「真的，真的，我沒說謊。」

「六月二十八日週四凌晨一點多，你們跟著林清源從夜店出來，畫面拍得一清二楚，你還狡辯！」范若洋聽目瞪口呆。

「你聽說他被殺了嗎？我們懷疑是你殺了他？」王崧驊想順藤摸瓜逼他說出真相。

「我……，我……怎麼敢？是啦，報紙電視都在報導，我嚇得再也不敢去了。」范若洋猛地一驚，說起話來結結巴巴的。

「嗯，這個我可以解釋。」他又一副無辜的模樣。

「我們在紅唇看過林清源幾次，看他有時候身邊會有一堆小弟簇擁著，有時候會帶著漂亮女人，好不威風。有一次我偷拍他的照片，問藥頭認不認得這號人物。他說我有眼不識泰山，在我們這圈子，他算是大咖的。

「那一天我不知吃了什麼熊心豹子膽，看他一個人離開，就跟過去想跟他認識、自我介紹、攀攀交情，哪知道他甩都不甩我。」他看著王崧驊，王崧驊示意他繼續說下去。

「泊車小弟把車開過來後，他一溜煙就走了，我只是碰了個軟釘子，自討無趣罷了。」他說完頸部肌肉放鬆下來，並鬆了一口氣，好像唱作俱佳的演員說完台詞後，看著對方接下一句。

「就這樣？所以你是最後目擊者？」

他用沉默代替回答。

「好，我姑且相信你的證詞，警方可能會再傳喚你，這份筆錄你看看，若屬實且和你所說的相符就簽名畫押吧。」

「後來調查過范若洋和Isabel，」王崧驊不帶情緒，不痛不癢的說，並特意停頓一下製作效果。「他們只有販毒的前科，但范若洋被我當場逮到販毒，恐怕要被關一陣子了。」

「從范若洋的表情、神態、動作來看，應該不是他殺的。」孫幗芳胸有成竹的說。

「妳就這麼篤定啊？」高子俊隊長問。

「第六感吧。他的反應就是慌張不安、眼神飄移、搓揉雙手，從『肢體心理學』來看，是種自我保護的反應，不像是偽裝的。」

「諸多經驗是有可能累積成直覺啦，有些人的直覺或第六感是很強沒錯，但證據不足或直覺錯誤也常使第六感破功。不能只單憑直覺辦案喲！」高子俊這麼一說，孫幗芳瞬間雙頰緋紅。

王崧驊最後請大家看事先影印好的一份筆錄，是有關林太太的情夫——丁添磊的筆錄。

調查筆錄		
詢問	時間	自2018年七月九日10時00分起至2018年七月九日11時50分止
	地點	F市警局第二偵查室
案由		林清源凶殺案之嫌疑犯丁添磊筆錄
受詢問人	姓名	丁添磊
	別（綽）號	無
	性別	男
	生日	1980年五月十六日
	出生地	H市萬麟鄉
	職業	裝潢施工業
	身份證號	R120748681
	戶籍地	F市永定區龍泉路二段156號5樓
	現居地	同戶籍地
	教育程度	高職畢業
	電話	0960-763348
問	你是如何認識林清源的太太侯玫君女士的？	
答	在某個國標舞發表會場，經朋友介紹認識的。	
問	林清源呢？	
答	不認識。	
問	你知道侯玫君是林清源的太太嗎？	
答	不知道，但知道她是有夫之婦。	
問	你們都是有家室的人，還背著另一半搞外遇？	
答	就逢場作戲罷了。	
問	林清源後來怎麼知道你們的事？	
答	我不清楚他是從何知曉的。有一天，幾個黑衣人把我堵住，強押上車並開到一間工寮，說我誰不去惹，偏偏老大的女人也敢碰。	
問	你知道惹到誰了？	

答	當下還不知道他們的老大是誰，但我也略知大概了，那些人威脅要砍斷我一手一足，我百般哀求說絕不敢再和林太太有任何牽扯，他們才饒了我。
問	就這樣擺平了？
答	哪這麼容易就脫身，我後來在醫院躺了半個多月，所幸只斷了幾根肋骨及一些皮外傷，事發後也不敢報警。
問	所以警方都沒有任何紀錄？你太太怎麼說？
答	她本來要和我離婚，罵我被揍活該，是我死皮賴臉求她，才化解一場家庭革命。
問	你和林太太後來怎樣了？有再見面或聯絡嗎？
答	後來只要提到那女人我就噤若寒蟬，嚇都嚇死了還能怎樣，她也沒再和我聯絡過，我也不敢去跳國標舞了。
問	你知道幾天前林清源被殺死了嗎？
答	看新聞報導才知道的，跟我一點關係都沒有喔，我發誓，我可沒那個膽子去殺人。
問	你之前有沒有找人去報復？
答	我只是個市井小民，小蝦米哪鬥得起大鯨魚，他們後來沒再來找我麻煩就謝天謝地了。
問	六月三日晚上9點至六月四日上午你人在何處？做些什麼？
答	我知道你要問有沒有不在場證明。六月三日晚上9點至六月四日早上8點我都和我太太待在家裡，她可以作證。
問	以上所說是否實在？
答	實在。
	上開筆錄經受詢問人親閱無訛後始簽名捺印指紋。
	受詢問人：丁添磊
	訊問人：王崧驊
	記錄人：程灝

王崧驊最後下結論說，丁添磊經過調查後，已暫時先排除嫌疑。

高子俊在白板上寫下幾項稽查重點：

一，是否爭奪毒品地盤引發殺機？

二，監視畫面是否再詳細審視一遍？

三，遺孀是否先以受害人家屬定調，她及情夫是否仍要列為嫌犯？有無可能買兇殺人？

四，調查是否有人和林清源有金錢糾紛？仇殺？

五，持續調查追蹤范若洋是否還有同黨？

六，因横刀奪愛而或爭風吃醋惹來殺機？

他說：「林清源的手下販毒被抓，不是繳個罰鍰就是關個意思意思，從未供出幕後老闆是林清源，我極度懷疑還有更有力的人士在後頭撐腰。這次要不是之前有個網紅開轟趴，吸毒過量出了人命，上頭也不會疾風厲行的想找個替死鬼來祭旗，搞得我們和緝毒組好像都沒有業績一樣。」

12

小分隊長甄學恩是隊上的開心果，口才便給，有個圓圓滾滾的大肚腩，大家都笑他該減肥了。他辦案的作風老派但手法務實，喜歡講令大家笑不出來的冷笑話，有著典型的周星馳式浮誇，縱使被他把毒舌當幽默也不以為忤。渾身充滿戲劇張力，和他插科打諢習慣了就覺得他很親切，有他在的場合，就好似有一股熱度在沸騰。

看著投影幕的照片，當日未在現場的同僚雖然不似親臨現場的人感受那般強烈，但也讓人覺得膽戰心驚了——腐敗生蛆的身軀與殘肢——難怪菜鳥會噁心欲吐，但偵查隊隊員那個不用經歷這種洗禮呢？

「你們光看照片就覺得受不了，對不對？我在解剖室心臟才要夠強哩，那股味道啊，我真想叫Oh my god！」

甄學恩緊接著報告：「沈曼莉住處並無被歹徒侵入或任何暴力跡象，同室的兩個人證詞一致，都說近日未看過她有帶誰回來過。或許平時即使同在一個屋簷下也沒什麼交集，有些人就是冷漠疏離，不和人互動，她帶誰回來又關他們何事。」投影幕上飛快的秀出幾張沈曼莉住處的照片。

「沈曼莉的窩啊，我家狗狗的窩都比她乾淨。不是所有單身女子住的地方都這樣吧？」他的眼睛往幾個未婚的單身女同事身上掃過去。

「沈曼莉的通聯記錄沒什麼重要線索，無非是銀行或信用卡公司推銷借款、汽車貸款、保險之類的，常聯絡的沒幾個，就僅有家人和一個不算閨蜜的女性友人，畢竟現代人都上網用免費的網路電話或LINE聯絡了。

「她的女性友人說，沒有察覺她最近電話中的談吐有何異樣，最近的一次見面也已經是半年前了。她倒是有提到沈曼莉同時和幾個網友在交往，但沒有固定的伴侶，她很害怕會不會是網路之狼殺的。」

「我們看過她的電腦，的確是……？怎麼說來的？」孫幗芳說。

「精彩絕倫！」甄學恩話中有話，「我同時也將照片給本市旅館、飯店、摩鐵辨認過了，沈曼莉失蹤那天並無和異性或同性友人住宿過。

「她的電腦有幾個網友是透過代理伺服器的境外跳板ＩＰ[10]，用假帳號發佈的，ＩＰ地址都不一樣。手機是不見了，要申請聊天記錄，社群軟體公司都以保護消費者權益為理由，拒絕提供影像、圖檔、ＩＰ位址等內容。」

高子俊補充說明：「我問過科技犯罪防治中心，即使透過他們申請調閱，也是層層關卡、曠

10 在連上網路、開啟網站時，若想隱藏目前電腦的ＩＰ位址，保有隱私，不讓人任意查到ＩＰ、肉搜網路活動記錄的話，可利用一些軟體透過遠端的代理伺服器使用境外跳板ＩＰ，連接「虛擬」所在地來連線上網。

日費時。」

「有個匿名『午後陽光』的小子倒是很容易找到，他叫楊永昌，26歲，和父母一起住在保平區，父親開一間鐵工廠，母親幫忙經營。退伍後一直待業中，有時到工廠幫幫忙，沒有前科記錄，平時就愛上網交友和打線上遊戲，十足是個宅男。」

甄學恩神態自若的說：「警方登門造訪時，電腦螢幕還在播放著A片哩。」接著不著痕跡地播放審訊楊永昌的影片。

楊永昌長得矮小瘦弱、其貌不揚，一副怯怯懦懦、猥猥瑣瑣的樣子，就是個不稱頭的loser，正襟危坐的面對著甄學恩，他和范若洋簡直是強烈的對比。

「聽說你打LOL（英雄聯盟，一種線上遊戲）很厲害？」甄學恩先和他聊線上遊戲，讓他卸下心防。

「是喲，我可是稱職的召喚師，我喜歡召喚的英雄是刺客，像犽宿、塔隆泰、達米爾，」楊永昌興致勃勃的說，「我從不會壓車（墊後）。警官，你也喜歡打LOL嗎？」

「認真你就輸了，」甄學恩回答，「我不打LOL。所以，你網路很行囉？」

「還好啦，嘿嘿嘿。」

「那……，有個網友叫娜塔莉的認不認識？交往程度為何啊？」甄學恩一臉微笑地問道。

「嗯……，」他想了好久，「應該不算認識，我都用交友軟體和網友打打嘴砲而已，我是有很多女網友啦，但從不敢約見面，怕被拒絕。」他又吹噓又委屈的說。

「為何不敢約見面？」甄學恩狐疑地問。

「我對自己的外表有自知之明啦，沒有女孩子會喜歡我，跟我約砲的。」他沮喪的說，「而且我也沒什麼積蓄，約出來玩，男的總要付吃飯、看電影、開房間的錢吧？」

「所以你確定不認識娜塔莉？」

「太多了，我不確定認不認識娜塔莉？」

甄學恩接著播了幾段他和娜塔莉的聊天檔給他聽，他驚慌失措的神態表露無遺。

「這你怎麼解釋啊？」

「不騙你，就真的只是網交而已。」他防禦性地回答。

「『午後陽光』就是你，沒錯吧？」

「是啦，其實我還有好幾個匿名。」

他突然興味盎然地說：「其實我在網路上滿受歡迎的，很多女網友都被我調教得舒舒服服的，這個叫娜塔莉的應該是其中之一，我打算以後要將和她們交手的經驗拍成影片。」

「對了，我的志向是當YouTuber。」他咧著嘴笑著說，好生得意，卻惹得甄學恩噗哧一聲笑了出來。

「哎喲，給你點顏色就開起染坊來了？」

「你不要笑喔，愈搞怪、愈標新立異的愈紅，誰什麼時候會紅、什麼時候莫名其妙紅起來都不知道。」他油嘴滑舌了起來。

「你花招怎麼那麼多？」甄學恩故意顯得有些詫異。

「就上網找資料、找影片學啊，網路上什麼都有。」他不經意地露出自鳴得意狀。

眼看還沒問出實質結果，甄學恩趕忙岔開回到偵訊重點。「所以你不知道娜塔莉是誰？從未碰過面？」他雙臂交疊胸前，直視著楊永昌問。

「就跟你說了，我不和女網友見面的，也不知道她的大頭照是真是假，就算有視訊都不會拍到臉。」

這時坐在角落的程灝舉手發言：「會不會是報復性情殺？也許女方背叛過他。」

「咦，你挺眼生的，你是……？」高子俊問他。

「他是新來的偵查佐，叫程灝，八月一日才來報到的，分派到第一小分隊長麾下，」孫幗芳趕忙解釋說：「警專34期畢業。他之前在B市永榮派出所擔任行政警察，四等特考受完訓後今年八月來我們單位報到。」

「喔，想起來了，新的生力軍，那天妳有帶他來跟我介紹過。」高子俊尷尬地笑著，轉頭對甄學恩說，「繼續吧。」

「是有這可能性，但楊永昌看起來要他拿隻刀子切肉，恐怕都會哇哇叫，應該沒這個膽識殺人又分屍，要不要讓他接受測謊器測謊？而且他的住處也搜查不出可疑物品，他的電腦已被扣押，看能否查出任何蛛絲馬跡。」甄學恩回應著說完。

播完剩下的影片內容後，大家一致認同楊永昌可排除涉案的嫌疑，他只是在網路世界裡孤獨的遊魂。

孫幗芳則補充說明法醫的驗屍報告及鑑識組的鑑識報告：「從死者陰道和肛門的擦拭物進行精斑預試驗[11]後，都成陰性反應，其實原本就沒有明顯的精斑液痕，所以無法驗出凶手的DNA。至於指甲的沙土，只是屍袋破裂後沾附到現場農地的沙土。案發現場清晰的足印除了我們罩著紙套的鞋印及老劉雜沓的雨鞋印外，就屬無數的狗爪和鳥爪印。」

「是啊，就算凶手有留下腳印，經過連日的大雨沖刷也已變成小水窪了。」這一點大家倒是口徑一致，都有同感會是這種結果。

孫幗芳最後說：「另外有採集到不屬於沈曼莉的毛髮，但經種屬比對後鑑定為狗毛。不能確定是凶手住處或犯案現場有狗，或者是棄屍現場野狗的毛。」

「看來所有跡證是查無線索了？」有人提出發問。

[11] 利用酸性磷酸酶反應或精斑試紙測試是否有人類精斑，陽性則表示有精斑反應。

「很遺憾，是的。蕃社古戰道現場也是毫無所獲。」

簡報室一時瀰漫著一片低迷的氣壓。

「裝屍塊的袋子是高密度聚乙烯材質，可承重20公斤。法醫說，屍體經過放血後，重量會變輕。所以要將約24公斤軀幹及約15公斤的四肢，從路口扛進去兩三百公尺內的農地，對於一個成年男性而言都不算容易了。猜測有可能是裝在行李箱或用推車載進去，但沒有找到類似工具。」

孫幗芳看著有人點頭，有人嘴巴張開又閉合，似乎想發表意見，但沒人開口。

「我不解的是，蕃社古戰道和老劉的農地雖然分屬兩個縣市，但兩個地點相隔才約莫十公里，很難聯想有何地緣關係。只有兩處都處偏僻又人煙罕至這點相同，能確定的是，凶手一定很熟悉棄屍環境，而且具有反偵查能力[12]。」

高子俊斟酌一番後說：「之前老婆因為先生外遇把他給殺了，以及孫子覬覦阿公財產，聯合外人殺祖的逆倫血案我們都破得很漂亮，大家表現得可圈可點。沒想到林清源的案子竟然拖了兩個多月還陷入膠著，目前這兩個案子屬最優先順序，大家再加把勁，鍥而不捨。謀殺案最主要的四個動機就是金錢、感情、性和毒品，不曉得中了幾個？

12 指凶手具有列幾種能力：一、將可遺留的物證，如指紋、毛髮、足跡等毀滅。二、將可攜帶的物證，如兇器、血衣、現場物品等毀滅。三、交通痕跡的毀滅，如變換同型同款車輛。四、反追蹤，消除「到過」或「離開」的痕跡。

「我是不懂電腦啦，但有聽過洋蔥路由器（TOR,The Onion Router）[13]、深網（Deep Web）[14]、暗網（Dark Web）之類的名詞，去問問科技犯罪防治中心，從洋蔥瀏覽器有沒有辦法駭進沈曼莉的社群網站或防火牆找些線索？」

接著他指示了幾個緝查重點：

一，查沈曼莉手機最後發話地點。

二，調查計程車行接送的可疑客人，擴大調閱火車站、公車站、銀行提款機監視影片，掌握沈曼莉生前最後行蹤。

三，找出沈曼莉被棄屍的兩個地點之間的地緣範圍與關係。

四，凶手可能有收藏戰利品的習慣，如戒指、乳環等小飾品或死者私密的隨身品，可找側寫人員作分析。

五，從沈曼莉的社群網站（尤其是色情交友網站）上的約會對象、交友狀況多方面查訪。

---

13 一種在電腦網路上匿名溝通的技術。訊息包裝成像洋蔥一層一層的加密封包，經由洋蔥路由器的網路節點傳送，並將封包的最外層解密。每一個節點都只能知道上一個節點的位置，無法知道整個傳送路徑以及原傳送者的位址。衍生出Tor Browser具「翻牆」功能的瀏覽器，讓使用者在瀏覽網站時不被監控或側錄，也無法查出原本的ＩＰ位址或追蹤真實的使用者身份。

14 又稱不可見網、隱藏網，是指不能被標準搜尋引擎索引的全球資訊網內容。深網的內容隱藏在http表單後面，包括網路銀行、郵件和使用者付費的服務，這些內容受到付費牆的保護。暗網即存在於黑暗網路、覆蓋網路上的全球資訊網內容，只能用特殊軟體、特殊授權或對電腦做特殊設定才能存取，如洋蔥路由器即是。

六，由警署電腦系統過濾殺人未遂前科的兇嫌及從『雲端鑑識軟體』看沈曼莉的Facebook或ＩＧ有沒有可疑的交往對象。

七，拼湊案發前一週沈曼莉從事的活動。

「昨天電視報章大肆報導沈曼莉事件後，局裡接到好幾十通電話，」會議結束前程灝再次發問，「有隨便講幾句就掛斷的，他可能知道會被錄音不想透露太多，但又語焉不詳。有發酒瘋的說他上過沈曼莉。有打來罵我們再不趕快破案，民眾身家性命都沒保障……諸如此類的。「有個人說他就是兇手，要主動投案，絕對有誠意配合警方調查。我請他留下姓名、地址、電話，好過去探訪他，他卻說我有能耐就去抓他，給我資料才能抓到就太遜了。像這類電話要如何處理？」

高子俊笑笑說：「美國有一種罪犯稱作『佩利梅森型罪犯』，就是在失去理智或被激怒下自己招供的兇手，這種不費吹灰之力的破案方式不會輪到我們頭上啦。」

「佩利梅森型罪犯？」程灝搔撓著頭。

「有些線索、資源乍看下似乎沒有用處，但有時拼湊起來可能柳暗花明又一村也說不定，也許不可思議地就協助我們破了案也未必。問題是我們有多少人力要過濾、要查證、還要寫報告，就看大家的智慧了。原則上，任何線索都不能掉以輕心。」

高子俊講得好像是官方說法，程灝有聽沒有懂，就好像「沒有發現什麼，不表示沒有什麼」、「為了找出可能性，你必須排除所有的不可能」之類的，但又不敢繼續發問，只能會後請學長解惑了。

13

『路西法俱樂部』是個社群網站上不公開的秘密社團，成員會在此交換各種刑事案件的心得，也有人會從Google搜尋歷年來的謀殺案來討論，任何天馬行空地的臆斷、無的放矢的想像都腥羶不忌。

各國的謀殺案、分屍案在這些人眼中，越是懸疑、越是驚悚、越是恐怖，越能激發大家討論或辯論的興致。網路世界無遠弗界，只要幾個按鍵，一個完美謀殺案就躍然於螢幕上，讓這一群人津津樂道。

有人會自詡有柯南的頭腦，有些還講得有模有樣的，有些則是事後諸葛。有時回過頭來驗證，倒是有些猜測或判斷和凶殺過程不謀而合，真所謂高手在民間，彷彿他或她就在案發現場目睹殺人經過。

當然啦，紙上辦案、荒誕不經、穿鑿附會的言論也是比比皆是，有的成員被按讚多了，就好像吃了興奮劑，各種翻陳出新的言論都紛紛出籠，對於凶手的背景、行凶的動機、手法、棄屍的地點都可大做文章，大家都想當鍵盤偵探。

孫幗芳也是社團成員之一，當初版主推荐她加入，她只是抱著好奇的心態，光聽路西法[15]俱樂部這個社團名稱就夠嗆的了。她也好奇社團成員都是那些人，可惜從匿名帳號實在猜不出是何方神聖。有人會po尚未破案的調查進度引起更多人關注，她也懷疑成員中是否有具警察身份且是現職的警務人員？

孫幗芳想說最近有幾件轟動社會的兇殺案遲未破案，甚至一點線索都沒有，也很久沒登入社團了，不妨進來看看大家都在商論些什麼，沒想到有幾則討論度竟然破表。

有人把林清源和沈曼莉的案子分析得頭頭是道，凶手意在挑釁警方的公權力及辦案能力，甚至做了側寫分析。也有人認為是模仿犯所為，想要沾個邊，炫耀一番。

像520T大女碩生分屍案在社群裡就討論得沸沸揚揚的。

TiTaTi發表於#路西法俱樂部

週一　18:57

T大女碩生被健身教練男友殺害分屍，裝至七個屍袋丟棄，卻找不到內臟，手法十分凶殘。男的應該有Google重大刑案的犯罪手法，不知大家有何看法？

#集所有犯罪手法之大成

15 墮落天使路西法（Lucifer）原為上帝的七大天使之一，因信仰了邪惡，率領天堂三分之一的天使背叛上帝而被驅逐，墮入地獄後成為撒旦。

#預謀vs臨時起意

#自殺就結案？

摘錄幾則留言如下：

Eric Chang：朱嫌屋內已被清理過，連洗手台水管都換過了。

李大熊：我覺得和一九九二年張瀟漢涉嫌殺死李俊雄並分屍案很像。七年後張嫌同居人檢舉他殺人，並在火鍋店浴室水管發現一塊小骨頭而破案，可見朱嫌是怕沖不掉血塊或骨屑，乾脆連水管都換了。

郭靖：內臟沒找到也和一九八六年合江街分屍案手法不謀而合。陳雲輝經商失敗，覬覦岳父岳母的財產，將他們分屍支解後還烹煮其心臟、肺臟。

LuluMi：實在是慘絕人寰！有沒有可能被吃了？

Jason Wu：是啊，黃姓女生的左大腿也還找不到，連死後都不得全屍，姓朱的畏罪自縊身亡，太便宜他了。

不二助雄：有啦，後來在水溝找到了。

MoMo Lu：還把女孩子剃光頭，真是居心叵測。

金木研：那是凌辱死者的變態做法，民俗有種說法，說此種手法用意在讓死者無臉見祖宗，難向閻羅王告陰狀。

郭靖：說到內臟沒找到，我還想到二〇〇三年女保險員分屍案。陳金火和廣德強將女保險員殺害後分屍又烹食，內臟被丟棄在化糞池，屍塊則棄置在頂樓水塔，堪稱震驚全國的食人魔案件。

不二助雄：朱男偽造黃女發LINE給自己，說她騙他是處女，他不想理她，是她一直想要來找他，一切都是她自作自受，製造她仍在世的假象，並在自己臉書上發文澄清沒有限制她的自由。這就和一九九八年C大王水溶屍案，洪曉慧用許嘉真的筆電發email說她將出遊一陣子類似。

Keep Smiling：哇，好久的事了，洪曉慧都假釋出獄了。

江Pi：放血行為也和二〇一四年陸配黃靖雯殺了小開藍坤俞後，在床上及地上鋪塑膠布，再將血引流到桶子的手法如出一轍喔。

Ray Wang：這案子細節如何？

江Pi：自己去Google吧。

黑哲也：臥室窗簾和床罩都換成新的，他媽媽還把垃圾帶到桃園丟棄，是否共犯或知情實在該查清楚。

阿嘉莎：對，案情沒有水落石出，什麼叫一命償一命？不能就這樣不了了之。

Jason Wu：+1

Ray Wang：現在恐怖情人殺人案越來越多，可另闢主題討論了，應該很精彩。

WJ-Line：記不記得高醫大情殺案？下藥迷昏同班同學，再勒斃焚屍，還故佈疑陣成自己喝醉不知情，隔天就燒炭自殺。只因兩人同時愛上學妹而下毒手，大好前程就這麼毀了。

Jason Wu：真搞不懂，愛不到一個人為何非要把人家給殺了或傷害？

A-Li Blue：虐童案也是，越來越多的正義鄉民也失控了。

Keep Smiling：是呀，這個社會永遠不乏精彩議題可供探討。

有一篇則是討論最近沈曼莉的分屍案。

熊老大：死者的頭顱和身體分置不同地方棄屍，是否不想讓受害人太早曝光？是互相認識的人？

PaliPali：把身上的標記抹除也是一種……叫什麼來著？

不二助雄：某種儀式嗎？

江Pi：獻祭儀式？屠殺儀式？會不會扯太遠了？

Ray Wang：反正凶手肯定是個冷血的殺人魔。

A-Li Blue：有可能是「網路之狼」殺的嗎？從網路上約會軟體認識的人誰知道是熊還是虎，目前吃虧上當的還是女性居多，男性則多數是被騙財。

蔣寶：現在人人都愛自拍，以為po到雲端儲存系統很安全，等到被駭客入侵或密碼遭破解，若是性愛影片或裸照被公諸於世，就欲哭無淚了。

郭靖：陳冠希事件大家都學不怕嘛，像國外知名影星的裸照啦，國內某知名和尚嗑毒性愛片都是啊。

江Pi：大家又扯遠了吧？網路之狼也不是那麼難查到吧？

金木研：要看功力夠不夠。

MoMo Lu：總之法網恢恢，我相信遲早會破案的。

阿嘉莎：我是持保留態度喔！

Eric Chang：身軀和頭顱的棄屍地方只跨了一個行政區，但分屬兩個縣市，會不會很巧合？

黑哲也：我認為應該很熟地緣關係或至少去過那兩個地方的人幹的。

郭靖：有沒有可能先姦後殺？

Jason Wu：先姦後殺或先殺後姦我認為已經無關緊要了，畢竟國內分屍案案例比起國外少多了，我倒是對凶手心理方面的探討有興趣。

金木研：若凶殺案遲遲未破，輿論又推波助瀾，就會引起民心惶惶。

MoMo Lu：套句福爾摩斯的話：除去不可能的成分，剩下的不論多麼令人難以置信，必然就是真相。

郭靖：聽你在講屁話，☺☺☺。

……

14

九月九日　星期日　大紀事報　第10版

狼父性侵繼女　恐龍法官判無罪

「歸零法官？性侵判刑變無罪」記者會上，受害少女（化名小瑩）再度崩潰。「每天生活都覺得好痛苦，像殭屍一樣行屍走肉的活著。」小瑩泣訴著說。

小瑩從國中開始就遭繼父以清除身上不淨之物為由加以性侵長達3年之久，繼父一、二審都被判15年徒刑，但最高法院發回更審，認定女孩證詞前後不一，改判被告無罪。法院採信小瑩哥哥的證詞，他說他曾看過妹妹被叫進房間，並聽到妹妹哭叫、喊痛，但並未實際見聞強制性交之事實。

記者會上，主持人也指出，「歸零法官」凸顯司法系統「性別盲」，她呼籲應加強司法人員的性別知識，並建立性侵案的證據法則。

九月十一日　星期二　今日時報　社會版

女童受虐遍體鱗傷　繼父涉嫌施暴性侵

又見虐童案件，8歲女童疑長期遭生母與繼父聯手虐待，小小身軀被打得體無完膚，四肢骨折、頭部重創而被緊急送醫，生母與繼父則否認施暴，但對於女童傷勢無從交代。

女童還有一個10歲的姊姊，兩度遭繼父以做為「給爸爸的生日禮物」被性侵。姊姊身心受創，事後校方發覺女童行為有異並介入瞭解，女童遭變態繼父侵犯的情事因此才曝光。檢警訊後依「兒童及少年福利與權益保障法」、強制性交、重傷害等罪嫌函送檢方偵辦。

九月十八日　星期二

空氣品質指數依舊持續飆高，PM2.5和PM10懸浮微粒都達紫爆[16]標準，市民怨聲載道，一波波溽暑熱浪讓人一刻都不想待在屋外。選舉快到時，空污議題勢必成為現任縣市長被攻擊的話柄，難保有人會因此而落馬，丟了百里侯。

李佳弘和朋友從居酒屋喝完最後一杯啤酒就分道揚鑣，帶著幾分醉意獨自騎著光陽125機車往回家的路上去。

16 漂浮在空氣中類似灰塵的粒狀物汙染物稱為懸浮微粒（particulate matter, PM），PM2.5就是指「小於或等於2.5微米（μm）」的懸浮微粒。環保署將「PM2.5濃度指標」分為綠、黃、紅、紫四種警示顏色等級，另外再細分為10等級，第4級開始有敏感性體質的民眾就必須注意戶外活動及身體狀況，而「紫爆」就是屬於第10級的狀況，PM2.5在每立方公尺有71微克以上。

想到繼女就一肚子火，媽的，還差點上了報，算她媽還上道，扯了一個「從未撞見女兒被性侵」的理由才沒被起訴。李佳弘每次看到繼女的眼神，其實還真有點懼怕，她漸漸長大了，恨意也越來越深，什麼時候捅我一刀都不知道。

其實跟她媽媽也沒有登記結婚，說到底頂多算同居人罷了。她和前夫離婚後在卡拉ＯＫ店伴唱，李佳弘則平時在建案工地當模板工人，下了班總會呼朋引伴到店裡輕鬆一下，兩人莫名其妙就勾搭上了。

她有張鬱鬱寡歡的臉，彷彿歷盡了滄桑，即使比他大好幾歲，也才到如虎之年而已。雖然還帶個拖油瓶，然而年紀大的女人懂得如何照顧人，床上功夫也沒得嫌，乾脆就住到她家去了，只是久了就沒有了新鮮感。

有陣子她都在上夜班，好幾個夜晚寂寞難耐，加上幾杯黃酒下肚後，腹部下方的燒灼感直衝腦門，就找她女兒發洩了，事後威脅她不可告訴任何人。食髓知味後，只要她媽媽上夜班，她就逃不出他的魔掌，直到學校老師從週記看出異常才爆發出來。

社工人員介入後，警察也旋即找上門來，還搞到被法院傳喚，真是倒了八輩子楣。現在街坊鄰居和同事都用異樣眼光看著他，只有幾個麻吉還挺他，最近都找他們一塊尋求酒精的麻痺。

李佳弘沉浸在思緒中，渾然不知後方有一輛機車正跟著他。

他騎了一小段到路口時正要煞車，發現左邊煞車線似乎要斷不斷的，幸好右邊煞車線還能發揮功能，騎慢點應該可以安全回到家，等明天再換線。

他瞧了兩邊都沒車，正要起步，從後照鏡瞄了一眼，後方十幾公尺有三台機車正朝他騎過來，他並不以為意。

轉了幾個彎後。

「奇怪，剛才其中一輛機車怎麼還在後面？」雖然他只能慢悠悠地騎，但那輛車也一直以低速保持著固定距離。

「可能被跟一段路了，竟然都沒有警覺心。」這時不安的情緒才如漣漪般漾開，他開始感到侷促不安。他正納悶怎會無端被人跟蹤，無法理解發生了什麼事。

「他想幹什麼？」一陣寒意竄流過全身。

此時他靈光一閃，趕忙拐個彎騎到一個轉角陰暗處，熄火關掉機車引擎。

沒多久，那輛機車疾駛而過，他往柱子陰暗處隱身不動，適時躲過那人搜尋的眼光，氣也不敢喘一下。昏暗中覺得那人一臉賊頭賊腦的樣子，直覺就是在跟蹤他，就僵住全身不敢移晃。

他當下決定改變原本要回家的方向，先往人多的鬧區騎去。

當想加快車速又怕煞不住車時，眼神往後照鏡一瞥，一個分神，沒留意到前方黑暗處突然一個不明物體衝出來。他邊緊急剎車邊用雙腳踩地，輪胎發出與路面磨擦的嘎吱聲。

被剛剛激發的腎上腺素給嚇出一身冷汗，脈搏瞬間飆快，就深怕撞上去，落個兩敗俱傷，等看清楚衝出來的是一條狗，才啞然失笑。

「沒事的，」他告訴自己，「不要慌，騎到有人的地方就安全了。」一身酒意早就被嚇醒了，他必須拼命保持清醒。

「今晚是怎麼了，一路上都空蕩蕩的沒有人，人都死到哪去了？」

正恍惚之間，那輛機車又從後頭折返回來了。

他卯起勁來加速，已顧不得安全問題了，先找到人求救再說，但終究還是摔了車。他面如槁灰，顧不得一陣陣的痛楚襲來，趕忙爬起來牽起車子，幸好車子還沒熄火，只是騎起來搖搖晃晃的。

眼看那輛車又尾隨不捨，他腦筋轉得飛快，想到前方十字路口右轉兩百公尺有間7-11，隨即付諸行動，硬生生地轉了個彎。

對向車道的車燈迎面照過來，他沒意會到，刺眼的光線差點讓他撞到路燈。

他把車子一扔，一跛一跛的急奔進去，一口大氣與晚班店員的「歡迎光臨」同時蹦出。

剛站穩腳步，他一邊喘著氣，一邊透過窗戶看著那個人從容不迫地騎過去，雖然覺得喉嚨乾澀灼痛，但至少吃了一顆定心丸，慶幸終於逃過了一劫。

ะ ะ ะ

九月二十二日　星期六

何諺國吹著口哨，神情愉快地踏出按摩院。

他剛花了一筆錢享受了花這筆錢該有的報償，雖然這是他工作一整天的所得的代價，但總比找家裡的繼女發洩，心裡頭來得踏實些，也不會有罪惡感。

有時候該花的錢還是要花。

『春秋按摩院』標榜的是越式按摩，識途老馬都知道不是做純的。它座落在巷子裡的一棟公寓五樓，另有暗道通到隔壁的六樓。裡面的小姐不少是假借觀光之名來台後中途逃逸，經由人蛇集團仲介賣淫的非法移工。

按摩院早就和警方打點疏通好，派出所有時候做做樣子來臨檢、取締色情交易，當然是無功而返，每個月給議員、派出所、黑道的孝敬費應該不會少。

何諺國掏出口袋裡的檳榔盒，隨手抓起一顆就往嘴裡塞，一邊詛咒這種飄著綿綿細雨的天氣。出門時沒下雨，忘了將雨衣放到機車置物箱裡，就這樣騎回去難保雨不會越下越大，淋了個落湯雞。想了想還是折回按摩院借了把傘，今晚就將機車先放在這裡，明天正好再來銷魂一番。

阮氏月娥這女的真有一套，錢花得值得。

從按摩院一路走到馬路口要轉過兩條巷子，沒有熙來攘往的行人與車輛，他隱約覺得有個人影隱沒在馬路轉角看著他。先前在一樓門口就彷彿看到第一條巷子口的路燈下，有個人在打手機還是在抽菸呢？

撐著傘看得有些含糊，經過時就不見了，現在這種感覺又回來了。

他停下腳步側耳聆聽，只有遠處機車的噗噗聲及自己的心跳聲。

雨滴順著隨手拿的這把破傘滲落到脖子，他感到背脊一陣涼意。他打了一陣哆嗦，同時好像聽到後面有衣服摩擦的窸窣聲，猛一回頭，啥個鬼影也沒有。

「幹！自己嚇自己。」他自我安慰說，再往吐路邊吐了一口檳榔汁。

他哼著『茄子蛋』[17]的《浪流連》幫自己壯膽。

前方幾公尺有座閒置的『環保文創美食園區』，是政府花了五、六億蓋的，因選址錯誤，聯外道路根本不夠完善，已經雜草叢生，沒有人要來。

原委外經營廠商不堪連連虧損，入不敷出，就宣告倒閉。加上補助款沒有了，原本的廠商也陸續搬離，就成了遊民遮風避雨的最佳場所，後來市府不定期驅趕，便變成名副其實的蚊子館，只剩下假日時，外圍的攤架會有臨時攤販來擺攤。

何諺國加快腳步急走，總算到了園區外圍的攤架區。他躲進其中一攤的桌子底下時，眼角瞥見一個人穿著雨衣，頭低低的四處張望著，看不清雨帽下的臉孔，手裡好像拿著一支刀子還是棍子往這方向瞧。

---

17 台灣獨立樂團，獲第29屆金曲獎最佳台語專輯獎與最佳新人獎。茄子蛋的歌曲曲風涵蓋搖滾、藍調，混合著流行歌曲和街頭卡拉OK的風格。

幹！果真有人在跟蹤。

尋仇？沒道理啊，最近可沒得罪誰。

謀財？更不可能了，自己都餵不飽了哪來的錢財讓人搶劫。

莫非是害命？現在社會上瘋子一大堆，走在路上亂砍人的可不少，沒那麼倒楣吧？他屏住呼吸不敢動。

宛如過了一世紀之久，他再深吸一口氣後，使盡全力往蚊子館一道入口狂奔。

住附近的人都知道有幾個入口的門早就沒有功能了，館內寬闊好躲藏，兩層樓高的天井因天雨透不進一絲光線。他打算先躲到裡面，好擺脫這個惡煞——儘管蚊子館裡瀰漫著一股尿騷味。

他聽到從剛才跑進來的入口傳來的沉重腳步聲亦步亦趨，踩在龜裂的地板發出嘎吱嘎吱聲。

早就分不清是雨水還是汗水滴在臉上的他，長吁了一口氣，又跌跌撞撞閃進一間斷了一條線、斜掛著斑駁又脫漆、寫著『頑皮狗之家』招牌的房間。

「別躲了，你跑不掉的。」

那人低沈嘶啞的聲音迴盪在空蕩蕩的館內，刀柄沿著牆壁拖曳，發出刮擦的聲音，撞擊著何諺國的腦門，腳步聲漸漸逼近，他頓時感覺全身幾近癱軟無力。

那個人移動的速度比他快得無法想像。

當一個人面臨極度危險時，生存的本能反應被激活了，到底能發揮到何種極致呢？平時沒在運動，加上酗酒又性好漁色，跑起步來根本是要他的命。

他看過貓捉到蟑螂是怎麼玩弄的——貓將蟑螂巴壓著不放，放了再換另一爪按壓著，欲擒故縱，等玩膩了，直到蟑螂奄奄一息才一口咬死牠。

那個人是不是走了？再等一會，不急於一時。

猛烈跳動的心臟使得何諺國顫抖的喘息著，他試著調整呼吸，不敢發出太大的呼吸聲，他拿出手機想撥打求救電話，卻想不起來是該撥119還是112還是……？

等到感覺到那人靠進到他身邊，叫了一聲「何諺國」時，他就知道大勢已去了。

他陡然停住，回過頭來正待開口，一把利刃刺向他的腹部，鮮血透過衣裳慢慢泛開。他一看到血就幾欲昏倒，痛得跪了下來，哭喪著臉，宛如聞到死亡的味道。

「站起來，沒那麼痛啦，這只是起手式，輕輕地刺一下而已，不會讓你死得那麼痛快的。你跑進這裡，根本就是要讓我甕中捉鱉，實在笨得可以。」

「求求你饒了我，我們又不認識，你要我做什麼我都願意。」何諺國已經一副嚇破膽的樣子。

「真好笑，憑你這個樣子？連替我提皮鞋都不夠格。」

那人命令道：「把褲子脫下來！」

「你……，你……想做什麼？」他結巴著問。

「做什麼？不會做你做的污穢事啦，人渣！乾脆一點！」

他一手壓著傷口，一手心不甘情不願地慢慢解開褲頭皮帶。

那人等得不耐煩，一把將他褲子扯了下來，露出花色的內褲。

「快點脫掉，我不想髒了我的手。」那個人斥喝道。

「還是你要多少錢？我會想辦法湊給你。」他全身猛打哆嗦，直冒冷汗，慢慢的把內褲滑落至大腿之間。

「少囉嗦啦！」那人問：「你強暴你繼女多久了？」

「你……，你怎麼知道？」他欲言又止，試著理解他聽到的問題。

「街坊鄰居都知道好嗎，學校和社會局也知道。」那人的語氣帶著輕蔑的意味

「你是把腦袋放在兩腿間搖擺嗎？」

「那是我的家務事，啊，不是啦，」話還沒說完他就馬上後悔措詞的不當。

「我是說……我就是壓抑不住衝動，我很對不起她，我……我絕對不……」他的頭搖得像波浪鼓。

話未說完，那個人左手抓起何諺國的命根子，一拉一扯，看準角度，右手一刀劃下，就如同香港電影《失眠》[18]裡黃秋生將日本軍官去勢一般，既乾淨又俐落。

何諺國發出滲入骨髓的淒厲慘叫聲，聲音迴盪在館內四周殘破的牆壁上，但隨即被塞進嘴裡

---

18 邱禮濤導演與黃秋生再度攜手合作的驚悚恐怖片，從現代的文明病〝失眠〞，回溯到二戰時期的香港日佔時期，是這段喪心病狂歷史之下的後遺症。

的性器堵住，嗆得一口氣提不上來，只能發出嗚嗚的哀鳴聲，眼球幾乎鼓出了眼窩，使盡全力蠕動他那已癱軟的身軀。

不待他把生殖器扯出，他就緊接著胸口劇烈起伏卻吸不到氣，鼻孔流出紅色的血泡，拚了命想要吸氣，但肺部就是不聽使喚，感覺血液彷彿凝結了一般。

溺水的感覺是不是就是這樣呢？

何諺國的雙眼睛瞪得老大，當他大腦最後一次神經脈衝引發橫膈膜最後一次抽搐時，一定覺得死得不明不白吧。

正義可以以很多形式存在，即使需要經過血腥暴力的洗禮，被伸張的果實還是甜美的。

那個人想像著表演完後，站在舞台上接受群眾喝采的感覺。

隔天晚上，一個五十來歲的男性遊民企圖潛入園區夜宿，十分鐘後他驚惶失色、大聲尖叫地跑出來，等他跑到派出所報案時，仍然被何諺國那對鑲在慘白而無氣息臉上、驚惶失措的眼睛給嚇得驚魂未定。

15

「所有感覺都化為一種沒有原因，所以無可救藥的，孤獨。」

——《流浪者之歌Siddhartha》
Hermann Hesse赫曼・赫賽

「快起來，我們到醫院看你爸去。」睡得正酣的我被老媽從被窩裡挖起來，還想賭氣不下床。揉著惺忪的睡眼看老媽一臉焦慮樣，透露著不祥的徵兆。

「你爸出事了！」

在醫院急診室焦慮的等待，得到的是醫師無情的宣判，老媽哭得撕心裂肺也呼喚不到老爸一句回應。

肇事者找了一群人來醫院圍事，說是我爸闖紅燈在先，我們被嚇得六神無主。

警察事後說，案發現場是閃光號誌燈的支幹道，我爸騎在閃光紅燈「支道」的方向，雖有停車看了幾秒，但未讓閃光黃燈的「幹道」車輛先行。對方從幹道過來，是否有超速或未減速，監視畫面看不出來，當場酒測是有超標，但不影響他的路權，我們也要負十分之三責任。

孤兒寡母那有能力對抗地方角頭之子？對方三方兩次找民代來施壓，和警察是否有勾結更不得而知。我們無力提起訴訟，最後對方以兩百萬達成和解。

那一年，我才唸國一，老姊也只是高一的學生。

我和老姊非常不諒解我媽，一年不到，老爸屍骨都未寒就急著改嫁，我們可以助學貸款、半工半讀，再不濟也還有和解金可以過活，何苦急著改嫁個剛退伍的士官長？

那個男人就這樣成了我的繼父。

正值叛逆期的我看什麼都不順眼，看不慣繼父整天遊手好閒，喝了酒就發酒瘋；看不慣老媽逆來順受、唯唯諾諾的樣子，有如上輩子欠每個人，這輩子要卑躬屈膝的討好人家；看不慣老姊像個管家婆，我的一舉一動、一言一行都要管，自己的私生活卻亂七八糟。

我動不動就逃學翹家。

小張是我的好哥們，父母早就離異了，跟著爸爸住，我們算是同病相憐吧。同是羸弱矮小、功課敬陪末座、他爸爸忙做著生意賺錢、我媽在工廠當作業員，一天到晚加班。大人根本無暇管我們，所以我們就互相取暖。

仙境傳說、魔獸世界、亂online就是我們打發時間的共同嗜好。

有一天，在小張家玩電動，玩到渾然忘我，過了晚餐時間才想到該回家。

一進門就瞧見繼父癱在沙發上看電視，茶几上擺著一瓶快喝光及數瓶已見底的啤酒瓶，我躡手躡腳的從他面前經過，溜進房間前卻瞥見他對著我獰笑。

我正換下上衣光著上半身，渾身酒味的繼父突然如餓虎撲羊般闖進來，我大驚失色，毫無設防之下就被他那龐大的身軀壓制在床上。

「幹，死王八蛋！」我抵死抗拒，嘴裡連珠炮咒罵著，「操，你在衝三小！」一個巴掌摑了過來，痛得我直冒金星，他彷彿殺紅了眼，一手摀住我的嘴巴，一手強脫我褲子。我雙手被掣肘住，無法動彈，只能使勁的掙脫。

幸好老姊恰巧回來了，聽見我房裡有碰撞的悶哼聲，往我房裡一探，才瞧見這不堪入目的畫面。她情急之下衝到廚房，掄了把掃帚就衝進來。

「你這渾蛋！去死吧，王八蛋！」她像隻被激怒的鬥牛犬，奮不顧身地往繼父那畜生猛揮。他感到一陣錯愕，一時無法意會突如其來的痛打來自何處，但酒也嚇醒了幾分。

我趁機踢開他，等看清楚打他的人及床上的人後，他就像被老婆捉姦在床的老公，頓然洩了氣，反手搶過老姊手上的掃帚，垂頭喪氣的拎著褲子走出房間。

雖然暫時脫離了魔爪，但我不解他怎麼驟然會對我發洩獸慾。我的滿腔憤怒迎上老姊的熱淚盈眶。

老姊說，那畜生也曾多次借酒裝瘋對她猥褻侵犯，她恨不得殺了他。

「老媽知道嗎？」我泣不成聲的問。

「老媽生病了，我不敢告訴她，只會讓她增添煩惱而已。」

「生病了，生什麼病？我怎麼不知道？」我噙著眼淚脫口而出。

「是不好的病，你才國二，還不懂事，平時又叛逆不聽話，你不要讓她操煩就阿彌陀佛了。」

「今後我們怎麼辦？今天這種狀況還會不會重演？」

「你進房後要隨手上鎖，最好準備一支棍棒隨時防著他。」

話雖如此，但我很清楚，今天這個陰影跟定我一輩子了。

一年後，老姊高中一畢業後就隻身到大城市工作，與我們極少聯絡，好像這個家再也沒有可讓她牽腸掛肚的事了；我則被迫去讀我不想唸的學校。

老媽的病拖了三年，死於肺癌。

16

九月二十三日　星期日

鑑識小組的跡證採集人員鍾晉文在轄區警員通報後很快的趕到現場，正在犯罪現場忙裡忙外，小心翼翼地避免踩到流了滿地的血跡。

文創園區內部到處是菸蒂、檳榔汁、用過的保險套、裝著殘羹剩菜的餐盒、狗大便、遊民充當睡墊和被子的紙箱，很難聯想原先的榮景是何等景象。

由現場血跡及流量、範圍來看，這個廢棄多時的文創美食園區應該就是第一現場。

小分隊長王崧驊一踏進來，就聞到一股散發不掉的血腥味，看到屍體就立刻從喉嚨扯出一聲「Holly shit！」。

「經初步勘察案發現場後發現，」戴著眼鏡的鍾晉文對王崧驊說道，「血跡和雨漬一直滴到出口，可能是凶手行兇時噴濺到凶手身上再滴下來的，也有可能是兇器上沾的血滴下來的，可惜沒有找到作案兇器。」

「會不會不是死者的血跡？」

「看不出有打鬥的痕跡。」

「血腳印呢？」

「死者倒地的地方幾乎是一片血海，」鍾晉文抿了抿嘴說，「我用足跡尺量了量，有三處清晰的鞋印，有深有淺。但出去的方向沒有死者的血腳印，因此死者應該被殺後就倒地不起。」

王崧驊指著地面上的血腳印問：「足跡有採證價值嗎？」

鍾晉文回答：「有。當然了，鞋子材質、走路的姿勢、地面因素都有影響。」他指著一組鞋印說，「這組是死者跨大步進入後就沒有出去的雜沓凌亂腳印，還帶有沙泥，死者是42號。那一組是報案的遊民的，是40號半。還有一組是41號半鞋印，有進有出，潛血的足跡出了出口，經雨水沖刷就沒了。」

「現場真的沒有打鬥痕跡？」

「沒錯，」鍾晉文想了想才回答，「可能凶手拿著武器威迫著他吧？」話音剛落，兩人就不約而同望向死者。

「我看到外圍的攤架地上是一層厚厚的灰塵，上面有幾把被丟棄的雨傘及明顯的兩組腳印。」

「我採證過了，就是死者和疑似凶手的腳印，有一把雨傘傘把上則只有死者的指紋。」

鍾晉文推了推鼻樑上的眼鏡：「死者眼睛睜得老大，死不瞑目的樣子，我猜是受到極度的驚嚇或痛楚。不是被去勢那剎那，就是肺部被刺猛吸氣吸不到感到恐慌吧？」

王崧驊說：「等法醫解剖後再論斷吧。」

三天後的解剖室內，孫幗芳和王崧驊正站在一旁相驗。

甄學恩臨時有任務不克過來，他也很好奇被去勢的傷勢長怎樣。

徐易鳴法醫拍完何諺國的外觀後，先將他嘴裡的生殖器取出，一股血水順勢流了出來。接著開始將他的衣服褪除，並沖滌凝固的血塊。

「閹刑啊？哇！這傢伙真是asshole！他是搶了別人老婆還是做了什麼傷天害理的事啊？」王崧驊誇張地說。

「把別人的命根子切掉，多半是感情糾紛，男的不忠被女的剁掉，或男的搶別人的女人被剁掉吧。」孫幗芳也覺得不舒服。

「只有三處創口，頭部從體表上看不出有何損傷，若有必要釐清死因再照X光或解剖，我們先往下看。」徐易鳴慢條斯理地說。

徐易鳴先一刀劃開何諺國腹部的皮膚，將皮下組織分離，動作熟稔，毫不拖泥帶水。

「先從腹部這一刀說吧，這是屬於『斜切傷』，從下往上非直角的角度刺進去，沒傷到內臟。」

他停頓了一會，拿起手術刀劃下Y字形後，把肋骨、鎖骨剪開，再移除胸骨、打開胸腔，接著說：「肺部這一刀才是致命傷，刀子直接刺穿肋骨直達左肺部，離左心室只有幾公分，刀子插入後再旋轉刀柄或拔出時扭轉刀柄，所以形成『攪纏傷』。」
徐易鳴邊說邊示範旋轉刀柄及拔出時扭轉刀柄的動作。
「死者掙扎時會造成攪纏傷嗎？」
「當然啦，死者因劇動扭動身體也有可能造成攪纏傷。」
徐易鳴以探針測量深度。「這一刀的傷口極深，刀子刺進去的長度約有十五、六公分長，但胸部沒看到『護手型』傷痕或瘀青，所以不是整把刀子全部刺進去。」
「你是說刀劍的護手嗎？」
「是呀，刀劍的護手也是一門學問。刀子估計有二十多公分長，啊，果然刺到肺動脈了，你們瞧！」孫幗芳和王崧驊趨近一步看了一眼。
「所以可判定是肺部出血後再從口鼻流出，與進出肺部的空氣混合成泡沫狀，而溺斃在自己的血液裡，引發窒息死亡。」
「徐法醫，你瞧得出凶手有沒有習慣性的用刀手法呢？」孫幗芳眼睛一亮。
「瞧不瞧得出是右撇子還是左撇子幹的？」王崧驊也發問。
「別急，你們一個一個來嘛。」徐易鳴擦了下額頭的汗珠，雖然解剖室已經夠冷的了。
「看來是右撇子，但別忘了，左撇子的人用右手拿刀的比比皆是。至於用刀習慣，告訴妳，」他轉向孫幗芳，「沒有。比如說，有些人下刀前會試探角度，就會形成『試切創』，或拔刀時刃端下拉，刀尖會上挑，就會形成『刺切創』，但三處都沒有共同特徵。」

王崧驊說：「哇塞，用刀子殺人還有這麼多名堂啊？」

「那麼看得出死亡時間嗎？」孫幗芳想知道答案。

「叫小蘇教你們一個辯識死亡時間的經驗法則，不是很精準，但還算有用。」徐易鳴又學究上身了。

蘇肇鑫給了徐易鳴一個白眼，大概心想，老徐你可真是無時無刻都想考我啊！

小蘇嚥了口口水，緩緩地說：「屍體摸起來溫暖但不僵硬，估計死亡不到三小時；溫暖且僵硬則顯示死亡三到八小時；冰冷又僵硬則顯示死亡八至三十六小時；冰冷又不僵硬則可能已死亡三十六小時以上。」

「當然囉，正確死亡時間還是要驗屍才知道。」徐易鳴以宛如裁判宣布優勝者是誰一般的口吻說。

「為何人死後會僵硬呢？」王崧驊順勢發問。

「你還真有好學精神啊？」

「沒辦法，所學的都還給老師了。」王崧驊嘿嘿笑了兩聲。

「是這樣的，人一死，腸道內的有機體就開始活躍起來攻擊腸道，形成腸氣，使腸道破裂。有機體一經釋放，也同時攻擊其他器官，肌肉細胞因缺氧而製造高濃度乳酸，導致連鎖反應，構成肌肉的蛋白質。小蘇，那叫什麼蛋白來著？」

蘇肇鑫沒好氣地回答：「就肌凝蛋白（myosin，又稱粗肌絲）與肌動蛋白（actin，又稱細肌絲）啦。」

「沒錯，兩種蛋白結合成一種膠化體，使屍體僵硬直到腐敗為止，就是我常掛在嘴上的屍僵。」

「受教了！」王崧驊逗趣的說，「糟糕！我聽完就忘了。」

「肌凝蛋白和肌動蛋白啦。」孫幗芳搶著說。

「你看，還是分隊長聰明。」

「是喔，她年輕，她記性好。」王崧驊隔著口罩嘟了嘟嘴。

「胃部的內容物尚有菜渣、米粒、肉屑，」屍體的胃部被剖開後，徐易鳴宣布說：「死亡時間距最後一餐在六小時以內。小分隊長，你要不要猜猜看他最後一餐吃了什麼？」他瞥了一眼王崧驊，下巴稍微抬向何諺國屍體點了一下。

王崧驊手搖得像把大蒲扇，噘著嘴說：「免了，免了！」。

「生殖器這一刀就不用講了，又準又狠，只是還殘留一些海綿體和皮瓣。」暫時休息一會兒後，三人繼續看著王崧驊最好奇的傷勢。

「看鍾晉文拍的現場的噴血量就知道，這個姓何的生殖器被割當下還活著，割裂口附近的皮內出血很明顯，他肯定痛不欲生。這個凶手殺就殺，連老二都要砍，不是非常憤怒就是非常瘋狂，也許兩者都有吧？」

徐易鳴扁著嘴，咋舌說，「從傷口的角度來看，我覺得和林清源被刎頸的角度很像。傷口左低右高，這次凶手是站在死者前方，右手持刀從下緣劃過，再於右處略微上揚。」

「Fuck！很俐落的一刀嘛。」王崧驊右手比畫著。

「不好意思，講粗話了。」王崧驊跟孫幗芳道歉。

「你是說有可能是連環殺手幹的？」孫幗芳不理他，追著徐易鳴問。

「這可問倒我了，這是你們要去追查的。」

「那麼，凶器類型呢？」孫幗芳不屈不撓地問。

「難講。畢竟刀刃有百百種，何諺國的脖子好好的，不然比對一下也許可看出異同處。」

「跟你們說喔，何諺國有性侵前科。」王崧驊好像發現新大陸似的，「不會是正義魔人殺的吧？有前科的正義魔人可不多啊。」

「被性侵者的親友報復的可能性也有吧？」孫幗芳持不同觀點。

「我記得佛教經籍《說法經》中有一則寓言，叫做《井中狗》，寫道：如狗吠井，自見行影，怒眼豎毛。謂井底影，欲與己鬥，橫生嗔忿，投井而死。人哪，不要自不量力，惡人自有老天來收拾啊。」徐易鳴感嘆道。

ⱻ　ⱻ　ⱻ

按摩院很多是做黑的，所以有哪些客人上門自然都三緘其口。

警方拿著何諺國照片挨家挨戶詢問都徒勞無功，等問到春秋按摩院時，一位小姐坦然告知：何諺國是我的常客，當晚結束按摩後，我站在窗口往下看，巷子口似乎有人鬼鬼祟祟的盯著店門口瞧。但路燈昏暗，只看到個人影。

大概有多高？多高啊，燈柱下的人影被拉長了，我猜不出耶！（她帶著和一般外勞相同的口音）

當下有些微的亮光，我不確定是手機發出的光還是抽菸的火光，若是菸蒂也早就被雨水沖走了。我知道菸蒂可以驗出ＤＮＡ喔！

隔日我是看了電視報導才知道前一晚何諺國出了事。

我怎麼不報案啊？我……，我一來不敢聲張，二來不確定他離開後何時遇害。

我聽店東說，何諺國沒帶雨衣，怕騎車會淋到雨，要借把傘走回去，機車現在還停放在樓下哩。

何諺國的老婆認了屍後說，除了掉在案發現場的手機及口袋寥寥無幾的幾百塊還在外，只有他平時掛在身上一個從保生大帝宮祈求來的保身符不見了。其實何諺國平時也沒拿什麼錢回家，都是靠他老婆在自助餐廳當廚師賺的一點錢在養家。

「唉，嫁給這種男人不如不嫁。」一言語中也透露出女兒被性侵的不堪情事，他先生死了，她反而有一種「終於解脫了」的感覺。

ᘐ ᘐ ᘐ

「動機！動機？」辦公室裡就聽到王崧驊嚷嚷著說：「三個被害人之間沒有任何關係，遇害方式不同，除了戒指、乳環、保身符不值錢的東西被取走，沒有任何訊息或線索，所以殺人動機到底是什麼呢？唉！簡直是海底撈針的棘手案子。」

「從動機著手調查也不失為一個好方法，但凶手若事前有縝密計畫，就不會留下鑑識證據，但就怕凶手殺人毫無動機可言，沒有脈絡可尋啊。」甄學恩也跟著嘆氣說。

17

九月二十八日　星期五

汪曉晴是偵一隊第三分隊分隊長，孫幗芳則屬偵二隊，兩個都是隊上的稀少動物，偏偏又爬得比男人快，自然親近地走在一塊。若沒有出任務，她們會相約到網路推薦的餐館或咖啡館聚聚，暫時舒緩工作上的壓力。

她們不像男同事喜歡在煙味和酒精味衝擊嗅覺的餐廳聚會，但今天從對方疲憊的眼神看得出來，兩人都倍具工作上的壓力。

咖啡館裡有一桌年輕學子低著頭各自玩各自的手機，偶爾讓鄰座看手機內容，不時發出爆笑聲。另有一對耳鬢廝磨的情侶，雙手放在桌上相互交纏把玩著，好像期待搓出神燈精靈出來。

「大眾時報記者找過我探聽最近的幾件命案，」孫幗芳輕聲地說著，「她好像對案情知之甚詳，要確認偵辦進度。」

「上頭不是下了封口令，要大家對案情三緘其口嗎，怎麼還會走漏風聲？」

「我懷疑刑大隊內部有抓耙子，內神通外鬼，洩露辦案進度。」她啜了一口黑咖啡。

「你們最近承辦的那幾件案子確實不好破，難怪記者追著妳跑。我們分隊就好多了，」汪曉晴娓娓道來，「老公因為妻子外遇而綁架情夫又砍了他、手足為了爭奪遺產相殘、妯娌因公婆不公平互相陷害，以及……，」

「以及上網約會被仙人跳。」孫幗芳用羨慕的口吻說。

「這四件案子雖然讓我們疲於奔命，忙得團團轉，幸好兇嫌很快就鎖定，沒花多久時間就破案了。」汪曉晴點的是拿鐵。

「這三件再破不了案，聽說吳大隊長可能會發佈跨部門合作，我們高隊長也是一個頭兩個大。目前還無法掌握到明顯的嫌犯，兇手作案動機又不明，真的沒有一丁點兒頭緒。」孫幗芳臉上透露著憂鬱的神色。

此時懸吊在角落的液晶電視正無聲的播放著某台的晚間新聞，畫面下方的標題是「繼毒梟被殺後又兩件兇殺案」。女記者站在一間招牌被馬賽克處理過的夜店前面與棚內主播連線，攝影機交錯的拍著她和夜店一開一闔的紅唇霓虹燈。

「麻煩你稍微把音量開一下。」孫幗芳對走過來的服務人員說。

「三個月前F市一名毒梟從這家當地的知名夜店離開後，隔兩天被發現死在省道22線乙公路一處草叢裡。」記者先訪問了紅唇的泊車小弟——他還特意背向鏡頭，接著鏡頭一帶就帶到林清源被殺的現場。

孫幗芳恣意地大笑，「記者就是會編故事，把毒販、毒蟲冠上毒梟之名，不知是否言過其實了？有些媒體一聞到血腥味就開始灑狗血，多的是危言聳聽的報導。」

汪曉晴則說：「是啊，有些記者就會問些言不及義的問題，像問遊民沒有家的感覺如何，問窮人沒有錢的滋味如何。」

「相隔兩個多月，一名老農在他隔壁的廢棄農地發現一具被分屍的無頭屍體，四天後頭顱被幾名健行者在明巖村的蕃社古戰道碰巧發現。死者是一名年約二十多歲的女性。」女記者侃侃而談，鏡頭再帶到蕃社古戰道。

「看來記者事先做了一番功課，先到幾處案發現場拍攝畫面剪輯，接下來想必是何諺國的陳屍地點了。」汪曉晴盯著螢幕說。

果不其然鏡頭就帶出文創園區。「凶手慘無人道的殺人案件已引起民眾人心惶惶，人人自危。一周前又發生殺人棄屍案，死者還被懲罰性的割下下體，我背後所在地點就是犯罪現場——已荒廢許久的環保文創美食園區。」

記者加強語氣戲謔地說：「現在已從蚊子館變成了兇案現場了！」

「據本台追蹤調查發現，兩名男性死者，林清源和何諺國都有前科記錄，但三名受害者生前背景、生活面貌、職業等都沒有交集。凶手至今仍逍遙法外，警方宣稱已鎖定幾名嫌疑犯，但拒絕透露辦案進度。

「雖然三案的作案手法不同，但本台根據可靠消息來源推測，可能是連續殺手犯的案。」記者一手摀著耳麥說，「現在先把鏡頭交還給棚內主播。」

「怎會扯出連續殺人犯呢？根本是流言蜚語！會不會太誇大其詞了？」孫幗芳心頭一凜。

頭髮被吹整定型，怎麼動都不會變型的女主播露出一個大大的微笑。

「好的，謝謝沂棻。說到連續殺人犯，我們特地為您請到T大心理系張育群教授，請他來談談有關連續殺人犯的特徵及犯案手法。」

主播簡短介紹來賓後就直接進入主題。

「張教授您好！謝謝您接受本台的獨家專訪。」

此時畫面左上角適時出現『凶手是連續殺人犯？』的圖卡——現在不管電視或平面新聞，都習慣在每個不確定的陳述句後面加上問號，以迴避法律責任。

「主播您好，電視機前的各位觀眾好。」戴著細框金邊眼鏡，頭髮有些花白的張教授點頭開口道：「我首先要說明，國內目前尚未有連續殺人犯的案例發生，今天純粹是以學術角度來探討。我先來定義何謂『連續殺人犯』？

「所謂連續殺人行為，是指犯下一連串相同殺人專有的手法、專屬的記號、專用的特徵。但行為不會演化嗎？Who knows？會吧？」他對著鏡頭停頓了幾秒。

「柯達都可以宣告破產，ＩＥ瀏覽器也可能要被淘汰了，太陽底下沒有不可能的事。一定是有上述行為的凶手才是連續殺人犯嗎？」他看了主播一眼。

「您是說最近幾宗駭人聽聞的案子是連續殺人犯所為嗎？」

「妳還沒聽懂我說的。有學者和研究把連續殺人犯的類型分成精神病患和反社會人格者，雖然有點籠統且對精神病患不公平，但撇開精神病患可能不知道犯案當下自己在做什麼不談，因為他會引人注意、被懷疑。

「而反社會人格者則是棘手的類型，除了行為舉止正常、外表儀態普通、隱藏在人群中不會啟人疑竇，可能從你身旁走過你都不會再看第二眼。」他推了推眼鏡。

「我不會公開的妄下斷言說：『就是連續殺人犯所為。』」

張教授接著舉了幾個著名的連續殺人犯的照片及案例作說明。

「您覺得凶手有模仿哪一個您提的案例嗎？」女主播問。

「看不出來。我接著要說的不是唯一準則，」畫面再轉回到張教授。「畢竟心理學永遠充滿著爭論。首先，凶手對犯案地形即使不熟悉，也會一而再，再而三確認死者住處、工作地點、下班後行蹤、犯案的行經路線等等都事先規劃周詳，沒有絕對把握不輕易出手。

「再者和死者關係，被害人少數是和凶手認識的，不排除預謀犯案或臨時起意。交通工具的方便性會影響棄屍的地緣性。」

「和被害者性別、年齡、教育、職業、前科有直接關係嗎？」

「這些都不是殺人犯的首要考量。也就是說，不分性別、年齡以及教育程度、職業，沒有所謂『典型的』連續殺人犯。」張教授暫停一下，望向女主播，也讓他的話透過電視灌輸給觀眾。

他轉身面對鏡頭繼續。「第三是殺人週期，有人說連續殺人犯的心理歷程是從醞釀期、激發期、擄獲期，再到圖騰期、沮喪期循環累積殺人動能……，」

「教授，什麼是圖騰期、沮喪期？」主播插嘴發問。

張教授回答說：「圖騰期就是指殺人的階段。當連續殺手殺人後期望能帶來心靈的滿足，但又達不到時，就會進入沮喪期，導致新的醞釀期發生。

「有的人自制力高，會注意小細節，下次的作案模式會改變，技巧會調適，不輕易出手。有的人嗜血程度越來越高，越來越沮喪，殺人儀式亂了章則，冒的風險也高，若沒被逮到，就可能冷卻一段長時間再出手。可以用『認知扭曲』來對連續殺人犯下定義。」

「作案手法如出一轍才是連續殺人犯的行為模式嗎？」

「嗯，大哉問。」他喝口水後繼續說，「我剛才說過了，連續殺人犯也是會演化的。這次模仿這個手法，下次創新獨樹一幟的手法，好在犯罪史上揚名立萬。」

「所以凶手會讓媒體知道？」

「對，有些凶手會透過各種管道表達他所承受的憤懣和痛恨，由媒體預告下次行兇的對象，如性侵犯、毒販、殺人犯，直到被抓到、慷慨就義為止。但這次的凶手好像沒有這種現象？所以又少了一項特徵。」

此時螢幕下方即時新聞的跑馬燈出現一則快訊：名模劉憶嵐另結新歡，情斷富二代。

有時候重要新聞就是會因各種八卦新聞被淡忘掉或曇花一現，像炒得沸沸揚揚的政府官員貪污新聞，突然被某個新銳導演強暴女助理的新聞蓋過鋒芒；絕食抗議環評有黑幕的新聞報導了幾天卻突然無聲無息，只因記者都跑去採訪某個當紅炸子雞劈腿的緋聞。

女主播接話說：「是的，再次感謝張教授針對連續殺人犯這個嚴肅話題精闢的剖析，對於最近發生的謀殺案件，本台將持續為您追蹤報導。」

曾經喧騰過，然後被遺忘，就像四季更迭一樣自然。

「嘿，那教授講得頭頭是道，我在警大也上過他的課，謙虛向來不是他的強項。」她們把咖啡端回原先的位置上坐定。

「連續殺手犯案？會不會是無稽之談？有些記者就像聞到血的吸血鬼一樣，不吸乾抹淨不罷休，再這樣亂報下去就真的顯得警方的無能了。」孫幗芳哀戚地說，「剛才有說我們警方有鎖定嫌疑犯嗎？不知從哪裡聽來的謠言，以訛傳訛來著。」

「他提到殺人手法不同、被害者類型與背景差太多、棄屍地點地緣性沒有雷同，這樣還有可能是連續殺人案嗎？連續殺人犯殺人當下是有理性的嗎？殺人會上癮、食髓知味嗎？」汪曉晴自問自答著。

「將性侵者去勢還說得通，將毒販鞭笞怎麼也想不透。還好剛才報導內容沒提到受害者的傷勢，我現在一想到驗屍的情景就想吐。」孫幗芳做了一個嘔吐狀。

「依據暴力犯罪統計，被分屍者是女性的比例比男性高，但除非有深仇大恨或真的心理變態才狠心下得了毒辣手段。」

「是啊，畢竟剁屍、碎屍、分屍要有場所、工具，事後裝屍塊的裝備、棄屍地點、運載的交通工具被發現的機率高，處處要掩人耳目，冒著高度風險，除非事先有縝密策劃，否則何必如此大費周章？」孫幗芳試著分析道。

「那麼就是預謀囉？被害者是被挑中的？凶手是個跟蹤高手？」汪曉晴猜想。

孫幗芳望向那對還在相互把玩著手的情侶，轉頭說：「有些連續殺人犯會渴望獲得宣揚，得到眾人的注目，讓社會看到他的傑作，享受掌控全局的慾望。譬如，寄個信或打匿名電話到報社、電視台，這點教授倒是有提到。」

「但目前沒有跡象顯示這三件案子是同一凶手所為啊！」

「而且他們會把幻想和犯罪行為混在一起，不斷修正下一次的殺人模式，當這種幻想的持久性無法滿足時，可能就以縮短殺人的間隔期來彌補。三案的日期相差兩個月和一個月，這一點又似乎符合。」

「所以專案會議上我們都一致認為凶手不是太冷靜謹慎、ＥＱ很高，就是非屬連續殺人案件。」她輕輕的啜了一口快見底的咖啡。

「聽說有種人有『建構式人格』的特質，他們有強烈的社交疏離感、在團體裡表現得像個局外人，也不知是真是假？」汪曉晴有感而發的說。

「我是覺得何諺國是被跟蹤尾隨，伺機殺害的，但凶手是隨機選定目標還是預謀的就不確定了。」

「哎呀，我們是出來輕鬆一下的，怎麼又談起公事來了？」兩人都笑開來了。

兩人談話交點重回到日常生活上。

「若有來賓在電視上失控、抓狂、哭泣、發怒，就會是收視率的保證，尤其是明星在大庭廣眾下出糗、崩潰，更能娛樂觀眾。有人說現在的電視新聞是『用時事包裝的連續劇』或『披著時事的綜藝節目』，一點也不為過。」

「而且啊，不是巧舌如簧的人還不適合當記者呢。」汪曉晴俏皮的說。

接著汪曉晴興致一來就聊起了她老公更年期的種種行徑，孫幗芳則要引介汪曉晴加入路西法俱樂部。

「路西法？不就是撒旦嗎？所以你們都是傻蛋啊？ㄕㄚˇ三聲傻。傻蛋！哈哈哈！」

18

十月九日　星期二

秘密，每個人都有秘密，都有不想被人知道的秘密。

賴綾娟才十七歲就生了一個男娃，但她心裡藏著一個秘密——不確定孩子的生父是不是翁立翔。翁立翔的秘密則是——雖然住在一起，但背地裡仍和許多網友搞三捻四、暗通款曲。

賴綾娟從小就在單親家庭長大，骨子裡叛逆的細胞從國中就蠢蠢欲動，到底交了幾個男友根本數不清。當清潔婦的母親自顧不暇，也懶得過問，直到女兒懷孕了，才逼問是誰的種，要把那個男的揪出來負責，要不就打掉。

可惜事與願違，都五個月了，沒有醫師願冒這個風險，翁立翔就成了現成的替死鬼。其實翁立翔也是糊裡糊塗的當了小爸爸，只因那段時間兩個人真的有在一起，除非男方要做親子鑑定。賴綾娟被其他男人藺田種玉的機率不是沒有，就看翁立翔賭不賭。

小孩生了後，至少賴綾娟全部心思都在小孩身上，翁立翔則是越顯不耐煩。白天在便利商店上班，夜間的進修職校唸了好幾所還是畢不了業，即使畢了業，兵役通知單也可能很快就收到了。

要命的是，他回家看到小孩就更煩，當他受不了小孩的哭聲，就打電動來逃避。當尿布錢、奶粉錢壓得他喘不過氣時，就回家向父母伸手要錢。至於這個婚結不結及要不要孫子，男方家長則是自顧不暇，能拖就拖，小孩報戶籍時就先掛上「生父認養」了。

反正一切都不在翁立翔的人生規畫中。

翁立翔發洩的出口及管道除了打電動就是逛交友網站，小孩和賴綾娟住進他租的小套房後，翁立翔和網友約砲的次數是少了，但憑著征戰多年的經驗與甜頭，豈是說斷就斷得了的，況且男未婚女未嫁的逢場作戲才愈加刺激。

只是他記取教訓，絕不再重蹈覆轍：一、不長期和固定的網友發生關係，二、全程戴套。賴綾娟只能睜隻眼閉隻眼，囉唆後的下場不是她被打就是小孩遭池魚之殃。

「哭！你再哭啊，看老子宰不宰了你！」

「看有誰要就送給誰啦，整天看了就煩。」

「又在哭了，幹！妳不會看看小鬼是不是便便了啊？」

賴綾娟對於各種惡言惡語只能忍氣吞聲，因為她對現狀也無能為力。

「老子出去發洩一下又怎樣，又沒花妳半毛錢。」

「瞧妳一身乳臭味，要不要照照鏡子看妳現在什麼樣子，看了就倒胃口。」

經由交友社群軟體，讓化名為「馬力嗡嗡嗡」的翁立翔與娜塔莉兩個乾材烈火、生活沒有交集的人一拍即合。一番雲雨後，船過水無痕，下次又是嶄新的局面，多好！原本堅持的原則就沒什麼一定要堅持的了——娜塔莉與他成了長期但不固定的網友關係，只是全程戴套還是不可或缺的。

但他被警方約談並不全因為他和沈曼莉的關係，主要是被舉報虐待小孩。

ஐ ஐ ஐ

余綜合醫院急診室燈火通明、人聲鼎沸，醫護人員一個個滿臉倦容，忙得分身乏術、人仰馬翻，空氣中飄浮著藥水與老年人迂腐的味道。

賴綾娟心急如焚地看著插著導管的兒子。

「妳兒子發高燒引起肺炎併發症，」戴著黑金邊眼鏡的住院醫師口氣略帶責備，「怎麼不早點帶來就醫？」

賴綾娟一臉惶然的說：「我真的沒有注意到，這幾天他哭鬧不停又……，實在是很煩。」

「很煩？」一旁的護理人員一個不可置信又鄙夷的眼神看著她，轉頭對醫師說：「鄧醫師，你就跟她說吧？」

鄧醫師點點頭，拿起眼鏡擦拭，邊說：「是這樣的，我們檢查妳兒子身體時，發現他屁股、手臂、大腿有多處挫傷、瘀青、燒燙傷的疤痕及紅腫，我們高度懷疑是虐童案件，已報警處理，待會社工人員也會來關懷了解。」

「拜託啦，醫師！我們不是故意的，我先生脾氣不好，孩子老是惹他生氣才會動手教訓……。」賴綾娟講著講著就哭了出來。

「依『兒童及少年福利與權益保障法』規定，院方有義務要通報。沒辦法！」鄧醫師聳了聳肩。

ღ ღ ღ

「小孩才幾歲大就被打得遍體鱗傷。Fuck！」王崧驊氣得如是說。

在警察及社會局介入調查後，揭露了翁立翔夫妻動輒以愛的小手、水管對兒子施暴。警方也查出沈曼莉的網友中有這麼一號人物，當王崧驊偵訊翁立翔時，他的臉色刷地一下變得煞白，還以為警察是要訊問沈曼莉的事。

「我可以抽根菸嗎？」翁立翔問。

王崧驊不動聲色地點點頭，不帶表情地看著翁立翔才二十出頭，卻被酒色和香菸荼毒得老了十來歲的一張萎靡的臉。

翁立翔用力吸了一口菸，菸頭的火花劈啪作響，他將煙吸進肺裡，充飽整個胸腔，讓尼古丁注入血液中。「當時我在電視上看到這則報導簡直嚇壞了，」他心神不定的說，「想說兩三個星期前才和她……，那個……，你知道的……。」他支吾其詞，說不出所以然來。

「你不說清楚我怎會知道？」王崧驊沒好氣地笑說。

翁立翔再用力吸一口菸，熟練地將菸灰彈在菸灰缸裡。「一個多月前從電視上看到沈曼莉被分屍的報導，看照片才認出是我約砲的網友。」他猜想警察遲早會查到他們的關係，不如先招認了，反正人不是他殺的。多日來的心情就像死刑犯每天在牢房裡醒來，不知道今天會不會被押上死刑台一樣的煎熬。

王崧驊饒富興味的打量眼前這個人，有沒有可能無心插柳，眾裡尋他千百度，凶手就在燈火闌珊處呢？

「我不知道她叫沈曼莉，她網路上用的是娜塔莉。完事後我們就鳥獸散了，彼此都有默契，不要有任何情感或金錢上的糾葛，只要男歡女愛就好，況且我家裡還有老婆小孩。」

「你先把你們約會的時間列出來。」

翁立翔沉吟了一會，又想了好久才寫下幾個日期。

「所以八月二十五日至八月三十一日你沒和她見面？」王崧驊看了翁立翔寫下的日期後問。

「沒，最近一次就是八月十日。」

「你們見面時有沒有發現可疑人士或事情？」

「沒有吧，能見上面就迫不及待要……那個了，哪會留意那麼多。」

翁立翔頓了會，突然說：「啊，好像有喔！」他搔搔頭，又等了好像永恆那麼久才接著說：

「有兩次吧。嗯，沒錯。」

「兩次怎樣？」

「有兩次走出旅館，感覺在旅館轉角的便利商店有個男的直盯著我們瞧。進去時喔？沒特別留意耶？也許一開始就在跟蹤我們吧？沒特別注意。我轉頭問娜塔莉——就沈曼莉啦——認不認識那個人，哪知一回頭，那傢伙就消失了。」

「那個人有沒有什麼特徵？」王崧驊心中湧起一股希望。

「呃，戴一頂NIKE的藍灰色帽子，一副墨鏡，抽著菸。你說為什麼知道是NIKE的啊？那勾勾很明顯嘛，任誰都一看就知道吧。臉型嗎？看不太出來，剛好被吐出來的菸霧給遮住了。」

「你再看到認得出來嗎？」

「少說也兩三個月了，恐怕沒什麼印象了，再說便利商店也調不到一個月前的攝影畫面了吧？」

「在那條路上？我們可調路口監視器試看看。」

「搞不好他也戴著口罩喔？」

「關於沈曼莉的案子，你涉嫌的程度我們會再查證。但今天要先依『兒少法』及傷害罪將你函送地檢署，控告你蓄意凌虐孩童。這個你有什麼話說？」

翁立翔一聽，就像隻戰敗的喪家犬，久久不能自已，半晌後才低聲開口道：「我也很無奈啊！」

「打小孩叫無奈？你go to hell還比較快。」

「警官，你說什麼？」

「你這stupid jerk!」王崧驊嘴巴嘀咕著。

「沒啦，好了，我們先做筆錄，你的辯述再由法官去仲裁吧。」王崧驊眼裡閃過一絲輕蔑。

「我生活過得很不順遂，亂了譜，好像陷在奶粉和尿布堆中，」翁立翔陷入一陣沉思後才開口道：「我都不知道怎麼熬過來的。」他的頭搖得像節拍器。

「所以酗酒、網交就是你逃避的方法？」王崧驊不屑的哼了一聲。「小孩不都是你太太在照顧嗎？」

「她和我都沒耐心。」

王崧驊覺得他在使用哀兵策略，肢體語言顯示的是陽奉陰違。

「沒能耐就不要生嘛。」

翁立翔無力地點點頭，聲音輕微到幾乎無法察覺：「我也不想啊。」

「根據醫院的驗傷報告說，你兒子除了多處新舊瘀青、燒燙傷外，X光還照出骨折的舊傷。真是make me sick!」

「又不全是我造成的，我太太自己不會照顧，讓小孩摔過幾次，」翁立翔沒好氣的回答，想要反駁，企圖搪塞，但還是心虛地說：「我是有打過一兩次啦。還有，警官，你是不是用英文在罵我？」

「幹，這你也知道。鄰居和附近的人都說了，你常常借酒發瘋，喝醉了就拿小孩和老婆出氣。有幾次你老婆還抱著小孩去隔壁求助，原本鄰居要報案，是你老婆千拜託萬拜託才壓下來的。」王崧驊厲聲的說，「難不成是你打到昏頭了。你老婆虐待的？你不要給我耍什麼花樣。」

「她也會抓狂啊！你們訊問過她沒有？再說我們又還沒登記結婚。」他怯生生地說。

王崧驊覺得他的說詞破綻百出。

「這是什麼理由？拿沒有結婚來說嘴？你老婆我們已經訊問過，做完筆錄了，你們兩個都是一個鼻孔出氣，根本就是一丘之貉。她說有一半是因為你出軌又對她動粗，她情緒失控才會打小孩。」

「這你也信？」他臉色鐵青的說。

「這是你們家務事，除非她有驗傷又告你施暴，警方才會介入，但小孩被施暴卻是鐵證如山。」

「好啦，我承認是氣不過小孩哭鬧，曾拿菸頭燙過他，也有幾次喝醉了拿塑膠水管打他屁股。」他終於卸下心防，坦承不諱。

有些人一被激怒就會說出原本不想說的話或有違本意的話，但翁立翔的口供其實早在意料之中。

「就這樣？唉！真想踢你的ass。」王崧驊嘆了一聲氣，感到不勝噓唏地說：「孩子不是你們的財產，真想不懂你們怎麼這麼狠心下得了手？小孩子無法選擇是否被你們生下來，你們也不能像拿一件物品到店裡去退貨，就交給社會局去處理吧。」

19

十月十七日　星期三

孫幗芳特地跟高子俊請了半天假，到Costco採購晚上的食材。今天是至勳的生日，她不想到餐廳去，打算給他一個surprise，也順便溫習一下快被淡忘掉的廚藝，準備他愛吃的四道菜。

不記得兩人有多久沒在一起好好吃頓飯了，兩人各忙各的，下了班難得聊上幾句，和波妮說的話搞不好比他還多。

孫幗芳知道她總喜歡把案子的卷宗拿回家分析，惹得他頗有怨言，往往以打到半夜的電動回敬她。

我的事業心太強，一直是我倆之間的代溝，這會是以後的婚姻生活嗎？

手機裡隨機播放的古典音樂：德布西的《夜曲》、舒伯特的《鋼琴奏鳴曲》、莫札特的《G大調弦樂小夜曲》、巴哈的《布蘭登堡協奏曲》、約翰史特勞斯的《藍色多瑙河》、舒曼的《童年即景》、韋瓦第的《四季》等等膾炙人口的作品，就這樣陪伴她整個下午。

翻食譜邊準備食材，讓她在廚房忙得不亦樂乎。

她把西洋菜、小黃瓜、甜椒、萵苣剝好、切塊、洗淨後先冰到冰箱，晚上再拿出來，撒些葡萄乾、核桃，擠幾滴檸檬汁、橄欖油、果醋就可拌成一道生菜沙拉——她打算先上這道開胃菜，再放幾片水煮蛋也不錯。

將買來的一包牛肋條取出五條，用紅酒及大蒜醃浸著，等著晚上與馬鈴薯一起放到烤箱，烤到五分熟即可，撒上海鹽，不用加烤醬或牛排調味粉，香噴噴的烤牛肋排就大功告成了——保證刺激他的味蕾。

意大利麵他偏愛Farfalle蝴蝶麵，將蒜泥、碎肉、蕃茄加起司一起焗烤——雖然她覺得簡單的白酒、蛤蜊搭配傳統Spaghetti麵條即是一道美味料理——保證他讚不絕口。

海鮮豆腐湯，鮮蝦、蛤蜊、豆腐鋪上幾枝小白菜點綴——清甜不油膩。

現成的焦糖烤布蕾——充當生日蛋糕，因為她在減肥。

當然啦，紅酒可不能少，她特地挑了一瓶二〇一四年份的勃根地紅酒——生日不喝點酒就太掃興了，等喝得微醺時，他要什麼她都會答應。

我還記得如何撩撥我的男人。

將近七點了，刻意將自己打扮一番的孫幗芳望著餐桌上幾道色香味俱全的生日大餐，露出狡獪的微笑。

嗯，一切都在計畫與掌握中。

七點半，她點上蠟燭等著杜至勳進門，給她一個熱情的擁抱。

八點時，她撥了杜至勳的手機，聽到的是：「您撥的電話將轉接到語音信箱，嘟聲後開始計費，快速留言請在嘟聲後按*字鍵，如不留言請掛斷。」

八點十五分，她的手機響起：「芳，對不起。下班時小鄭他們一夥硬拉著我去ＫＴＶ，說包廂都訂好了，就是不放我走。」背景聲音傳來喧鬧的人聲及歌聲。「也不知道他們打哪裡得知今天是我生日，實在是盛情難卻……」

「大嫂，sorry啦，小杜借我們一下，」杜至勳的手機被小鄭一把搶過去，「晚點再還給妳，我保證讓他守身如玉，呵呵呵！」

「喂，喂！」

手機就這樣斷線了。

孫幗芳掛斷手機，強忍著淚水不讓它滑下。

Ariana Grande、Jason Mraz、Adele Laurie、Kelly Clarkson等歌手的歌都播過一輪了，看來Coldplay的《Fix you》才是最適合她現在的心境吧？

And the tears come streaming down your face
當淚水潸然滑過臉龐
When you lose something you can't replace
當失去心中無可取代的事物

When you love someone, but it goes to waste
當深愛著某人卻付之流水
Could it be worse?
還能比這個再更糟嗎？
When you're too in love to let it go
是否愛一個人太深而無法放手
Lights will guide you home
是否會燃燒照亮我回家的路
And ignite your bones
是否會燃起我骨子裡的的勇氣
And I will try to fix you
是否會撫慰我的心

十點左右，杜至勳帶著一身的酒氣進門。

他看著滿桌冷掉的美食佳餚，驚訝孫幗芳竟然都沒動上一口，忙對她頻頻賠罪：「芳，真的很抱歉。我……」

不待他說完，孫幗芳就搶著說：「現在沒心情和你吵架，枉費我費了好大心思，你卻不屑一顧。」話一說完，就自顧自地把門一甩，走進臥室。

孫幗芳被自己的尖叫聲驚醒，猛地坐起來，發現躺在身旁的是發出規律鼾聲的杜至勳。她看了看床頭櫃的鬧鐘，螢光數字顯示著5：12。她站起來，走向浴室，經過衣櫃時陡然想起剛才夢中的情景……

難得至勳會帶她出席他公司的聚會，她想挑件端莊又不失流行的洋裝好搭配最近買的一副耳環。衣櫃一打開，映入眼簾的是兩顆有著空洞死寂雙眼、血絲從眼角淌下的人頭，分別從至勳的西裝和她的洋裝領口探出來，直勾勾地盯著她。衣服晃晃蕩蕩擺動著，像極了兩縷幽魂，他們是林清源與沈曼莉。

林清源開口說：「妳怎麼還沒抓到凶手？」

沈曼莉則說：「我好冷啊！」

當袖子飄起來向她揮動時，尖叫聲也同時把她嚇醒了。

20

十月二十六日　星期五

難得參加同事的慶生會，兩杯雞尾酒下肚後孫幗芳就覺得不勝酒力了。有人提議要程灝載她回家，程灝也樂得做個順水人情。

孫幗芳換了一身居家便服，將秀髮收攏在後頸，紮成一個馬尾。白晰脖子上的青色脈搏引人遐思，她的臉還因酒精而泛著緋紅，眼波流轉，對著程灝說謝謝他載她回家。

「我喝黑咖啡，謝謝。」她問完要喝茶還是咖啡後，他說。

客廳的書架上有四本村上春樹的長篇小說：《挪威的森林》、《海邊的卡夫卡》、《刺殺騎士團長意念顯現篇》、《刺殺騎士團長隱喻遷移篇》和兩本短篇小說：《遇見100%女孩》、《神的孩子都在跳舞》以及一整套阿嘉莎．克莉絲蒂的偵探小說。

「妳喜歡村上春樹和阿嘉莎的小說啊？」他趁著她端出咖啡時找話題。

「是啊，你喝看看味道如何？」他接過她遞過來的咖啡。「你也看村上春樹的書嗎？」

「看過，但不特別喜歡。《挪威的森林》看不到三分之一就放棄了，後來改編成電影也是看不下去——還是看網路免費的——我倒覺得伍佰唱的《挪威的森林》比較好聽。哈哈！」他尷尬的笑著，一抹微笑則在她臉上漾開。

「那是你不瞭解他要闡述的意境跟隱喻吧？」

「他書上多多少少都有寫到古典音樂和性事，我不懂古典音樂佔那麼多篇幅和書的主題有何關係？」

「《刺殺騎士團長》你沒看過吧？」她說，「《唐·喬凡尼》這齣莫札特的歌劇及理查·史特勞斯的《玫瑰騎士》就與這幅畫有關。」

「是喔？把畫作當作書名，又扯上歌劇？」他微微聳了下肩膀，「我不記得村上春樹在那一本書上有寫到：『如果你掉進了黑暗裡，你能做的不過是耐心等待，直到雙眼適應黑暗』。這種意境跟隱喻我就是不懂。」

「妳常接觸屍體，晚上會作噩夢嗎？」他換個話題問。

「不會，只要心存善念就不怕，不是說一念天堂，一念地獄嗎。你呢？」她嘴上這麼說，但想起前幾天的噩夢仍餘悸猶存。

「本以為膽子夠大，但真的看到屍體——尤其是腐敗的屍體，下場就是吐得一蹋糊塗。妳也看到的，好糗！我相信再多磨鍊磨鍊就可適應了，我適應力很強的。」

「我不能五十步笑一百步，我第一次也是吐得很慘，還被男同事調侃說，女人不適合出現在那種場合。」她淡然一笑。

「是王大哥和甄大哥他們？」

「不是，那時候我在其他單位。」

她拿起茶杯喝了一口，說：「你平時在局裡像個悶葫蘆似的，好像滿沉默寡言的，你要跟大家多交心。工作還上手吧？」

「俗話說，槍打出頭鳥，內斂低調就好。況且若是話不投機就半句多，我話匣子一打開也是挺聒噪的。」他露出會心的傻笑。「大家都對我很好，我還在適應辦公室文化。」

「介意談談妳男友嗎？平時會看到妳低聲的和人講電話，應該是……？」

「哎呀，這有什麼好說的呢？」

「就說說你們怎麼認識的，沒關係吧？」

她回想了一下，再喝了一口茶，說：「其實他是我高一屆的學長，迎新會上對他印象很深刻。不是你想的那樣喔，就特別會照顧新人啦。高中三年彼此都忙於學業，沒有進一步交往，畢業後就音訊全無了。

「老天的造化就是這麼奇妙。有一天我在街道上執勤，對，那時候還是菜鳥，你先別打岔嘛！有輛汽車紅燈右轉被我攔截下來開單，我看著他的駕照，邊想這名字好熟悉，抬頭一望，他也直對著我瞧。就那幾秒鐘的時間，兩人都認出彼此，驚叫了起來。後來他要了我的聯絡電話，沒多久就開始約會了。」

「那張罰單真值得裱褙起來。」他有點羨慕的說。

「他對工作上的表現有時太在意，有點想竭盡所能去達成目標，但當結果不是那麼理想時，難免自艾自怨，我就要當忠實的傾聽者。但你也知道，我們的壓力非比尋常，他總是要我換內勤的工作或乾脆辭掉算了，但那不是我要的。有時候就像……」她一時詞窮。

「就像兩條在黑夜中交錯而過的船吧。」她久久才蹦出這句話，說著說著喉頭一緊，就泛紅了眼眶。

「跟他住在一起會像住在牢籠裡？」他話一出口就後悔了，不該這麼說的。「對不起，我看過網路上的一則笑話，說以前提到結婚是『天長地久』，現在提到結婚是『能撐多久』。婚前愛情是『神話』，婚後愛情是『笑話』。」

「沒這麼誇張啦，情侶間偶有勃谿是正常的。」幸好她不在意。

「有女友嗎？」

「沒。」他微微一笑，遲疑片刻才說：「不知誰說過，婚姻生活只能演默劇，否則只要一開口就會變成武俠劇。」

「你太悲觀了喲，等你交了女朋友就知道。有什麼事兩人講開了就好，千萬不要悶在心裡累積成未爆彈。」

「我很平凡，高職畢業後就進入警專，可能覺得世上要有秩序和平衡，要有正義和審判才選擇當警察吧。平時打電動消磨夜晚，沒親人，沒特別嗜好，人生乏善可陳。」他乾笑一聲，透露出一股淡淡的、無可言喻的哀傷。

「我記得大衛・勞倫斯[19]說過，『一個人跳下懸崖後，總能落在某個地方』——是啊，就是屍體落下的地方。我對婚姻有種走在懸崖邊的感覺，是該義無反顧往下跳，還是急流勇退另攀山峰？」她意味深長地說。

「我這麼說妳不要介意。有時候旁觀者清，當局者迷。我是不瞭解妳們的現狀，但妳可以跟好友傾訴，就是找到一道出口。我們在學校的心理學都上過如何釋放衝擊，警察面對衝擊絕對是難免的，不要直接反抗，要隨著它擺動，慢慢承受，再像水壩洩洪一樣釋放它。不知道我記得還對不對？唉，班門弄斧了。」

「不好意思，最近幾件案子沒破，一直陷入僵局，讓我滿煩心的。」她不經意流露出一籌莫展的表情。

他本來想說：「生活就像在演戲，如果可以像電視影集一樣，幾句精采台詞，不時笑一笑，一個小時就能搞定一切該有多好。但往往戲演完了，大家都忘了台詞，沒了台詞就只剩下無聲的呻吟與嘆息。」想想不妥，就把話吞回去，改說：「法國寓言作家克拉里斯・德・弗洛里昂[20]的

19 大衛・赫伯特・勞倫斯（David Herbert Lawrence, 1885-1930），英國作家。他是20世紀英語文學中最重要的人物之一，也是最具爭議性的作家之一。主要成就包括小說、詩歌、戲劇、散文、遊記和書信，《查泰萊夫人的情人》是其作品之一。

20 讓・比埃爾・克拉里斯・德・弗洛里昂（Jean-Pierre Claris de Florian, 1755-1794）是伏爾泰的侄孫。他創作過長篇小說、中篇小說、喜劇和牧歌式田園詩，主要作品是五卷《寓言詩》、《愛的歡樂》。

愛情詩有段話說：『愉悅的愛情只持續一會兒，憂傷的愛情卻纏繞整個生命。』所以我不敢交女朋友。」

她聽他說得頭頭是道，不由的啞然失笑。「你現在說話的口吻十足像個老頭子。而且你懂得還不少啊，真是黑甕子裝醬油！」

他耳根有點發熱，正常男人面對漂亮女生多多少少都會動心，但他深知這份情愫無論如何也不能表現出來，甚至不能帶到失控的境界，只能當個稱職的傾聽者，當個暖男在她身旁呵護著。

「不知怎麼竟然對你無所不談，大概今天酒喝多了，呵呵！」

「和妳聊天有一種療癒的作用。」

「哈哈，你太言過其實了。」她邊說邊笑，笑容在嘴角漾開。「兩性專家不都這麼說的：『枕邊人是最親密的陌生人』，有時我也存疑過。」她自我解嘲著說，「不好意思，這些話平時都說給我家的貓聽的。」

波妮不知從何處竄出來喵嗚的鳴叫著，在她腳邊蹭來蹭去，宛如在宣示孫幗芳是牠專屬的。

「來馬麻這邊。」她拍拍大腿，波妮四腳輕輕一蹬就縱跳上來。

「牠叫波妮。」他在她眼裡看到笑意。「是隻虎斑貓。」

「你養寵物嗎？」

「有想過要養隻狗，但培養感情太花時間了。養貓嘛，貓又只會慵懶的伸懶腰，張嘴打呵欠，餓了才會黏著你，彷彿在說：『主人，你想到要餵我了嗎？』」

「波妮，在說妳啦。」

* * *

震耳欲聾的音樂迴盪在健身房的每個角落，彷彿催促每個人都要跟上節拍動起來，不消耗一些卡路里，燃燒一些脂肪，就對不起每個月繳交的月費似的。

孫幗芳邀請程灝一起去健身房運動。

上次交談後，她隨口問起：願不願意陪她去消耗熱量？最近男友很忙，剛好江曉晴分隊長的婆婆生病了無暇運動。是啊，平時我們會結伴去唷，健身房登徒子很多，當然不能用這種理由逮人啦，有個伴也可斷了那些人的邪念。

她說運動時的淋漓酣暢，可暫時忘卻煩人的工作，抽離未破案子的憂慮。她記得程灝是這麼說的：平時只是在家做做伏地挺身、仰臥起坐之類的簡單運動，頂多去跑跑運動場，可沒特意要鍛鍊成健美先生的身材。

一名胸部及腰部三坨肥肉在特大號的寬鬆T恤下，像果凍般抖動著的肥宅正賣力的舉著槓鈴。你看，人家那麼胖都來運動了，你還不來？

一個穿著兩截式緊身運動服的中年女子，從兩人面前走過去，隨之飄來一陣令人欲嘔的狐臭味。喔，我受不了了，讓我離開吧！程灝故作誇張地說。

一位穿著adidas運動背心、Reebok短褲、NIKE運動鞋、手上還帶著PUMA手腕護帶的男子，正自戀的對著鏡子擺pose，看著不怎麼壯碩的二頭肌。把各種名牌混搭在一起，這種品味誰敢恭維喲。

從眼前走過去的是一個歐巴桑，手裡提著一個籃子，裡頭擺滿了瓶瓶罐罐，看得出是洗髮精、潤髮乳、洗面乳、沐浴精、潤膚美白液、護膚霜、精華露，又是膏啊液的，又是水呀霜的，林林總總的。真不曉得她是來運動還是做美容SPA？

我曾在烤箱及蒸氣室遇過她幾次，鬆弛的肌膚一看還以為超過半百，旁人說其實才過一枝花的年齡。洗完澡後，光那些保養品在臉上、身上、頭髮上塗塗抹抹，總要花一個小時以上。孫幗芳這麼說。

一對情侶吧，男的指導女的雙肩向後用力時，身軀要保持不動，背脊要有被擠壓的感覺，並不時觸碰女的背脊。

兩個男的一起佔用一台斜滑輪，輪流做幾下「飛鳥夾胸」後就讓對方碰碰胸部，彷彿才練了這一會功夫，胸部就會厚了幾吋。

前方啞鈴區則有一男一女，男的雙手各舉著一個24公斤重的啞鈴，一上一下的同時就發出「唷喝！唷喝！」的聲音，逗得那女的笑得花枝亂顫，不斷要他再多舉幾公斤。看得出來男的對訓練的成果很滿意。

一場戰鬥有氧（Body Combat）跳下來，汗水淋漓，令程灝有點喘不過氣來。

孫幗芳穿著韻律服裝，身材更顯得玲瓏有緻，比起台上授課的老師不遑多讓，讓她身後的程灝看得有點遐思。

程灝有時眼睛要看著老師的動作，有時要跟上節奏，就有點分身乏術了，再瞧著她的背影，馬尾隨著音樂甩啊甩的，不覺就心蕩神馳，慢了半拍。

中場休息時，孫幗芳刻意調侃他說：「你也太遜了吧？跳沒幾下腳就軟啦，喘成這樣？」

「我真的沒有運動細胞啦，手腳又不夠協調。我以為是陪妳做重量訓練，在跑步機跑跑步，哪知竟拉我來跳有氧，還是累死人不償命的戰鬥有氧。呼！真的有夠累！」

「那是你太久沒運動了，多跳幾次你就會愛上它。你看前面那位大嬸，跳得多盡興！」

此時的程灝汗流浹背，運動衫的胸口和腋窩都被汗漬染成了深色，他不經意地撩起衣襬擦臉。

孫幗芳沒料到在有氧教室四周的鏡子中，她的眼角會從程灝右後方的鏡子看見他右側腰部接近臗骨的地方有個刺青的輪廓。

21

「最高明的謊言總是摻雜了一點真相，而要鋪陳一個好的謊言，重點在於越接近事實越好。」

——《獵人俱樂部TROFÆ》

Steffen Jacobsen史蒂芬・雅各森

水上樂園每逢暑假就人滿為患，跟爸爸央求了好久，好不容易才帶我來。我對樂園的滑水道樂此不疲，一玩再玩，但水深及胸的水池卻不敢進去，頂多在較淺的區域玩玩水就心滿意足了。我爸也不會游泳，看我玩得不亦樂乎，雖然心疼荷包少了不少，倒也表現出興致勃勃的樣子。

「爸，你也下來玩啊！」我掬起一把水往我爸身上潑，他粲然一笑。

水池較深的區域有幾個男孩正在跳水。曲膝再蹬足一躍，雙手抱膝漂亮潛入水面，水花四濺，歡呼聲與笑聲四起。

接著一個男孩雙手上舉、身體後仰、往前走幾步、再模仿跳水選手立定跳水前的動作，一連串搞笑的姿勢惹來大家一陣拍手叫好。

下個男孩跳水前擺了一個明星出場時的pose，對期待他上場的觀眾送出飛吻，滑稽的動作讓大家笑得人仰馬翻，我也被逗得笑不可遏。

我羨慕他們敢跳水的勇氣，也想一嘗跳水的滋味，即使最基本的垂直落體也好。於是悄然的走過去，但被嗆過水的陰影除之不去，我猶豫不決，他們開始鼓譟起來。

「跳！跳！跳！跳！」

譟動的聲音引來四周揶揄及看好戲的眼光，更加深了我的怯場，隨之而來的恐懼感一時揮之不去。我正想放棄回頭走開，屁股突然被踹了一腳，噗通一聲，大大的水花揚起，就這樣撲了下去。

我冷不及防地吃了一大口水，驚慌之下想吸一口氣，卻把水吸入鼻孔。我兩手死命的划動，踩不到池底，想攀到池邊好浮出水面，卻怎麼也分不清方向。

「爸，救……」咕嚕咕嚕，我又沉了下去。

我奮力將頭抬出水面，看見周遭小朋友嘲諷的表情、家長拿手機拍攝的畫面，我看著他們嘴巴翕動著卻聽不到任何聲音。我慌張地尋找爸爸的身影，卻只看到他的背影——他正朝著出口走去。

一股強烈的失落感把我吞噬。

「爸，你不要走！」

我在驚叫聲中醒來，冒出一身的涔涔汗水。

皎潔的月光透過窗簾照進窗櫺，外頭寂靜無聲，只有偶而傳來幾聲狗吠聲。

療養院寄來一封信，算是最後通牒吧，說繼父已進入彌留狀態，應該熬不過這幾天，要我去商議後續事宜。

不知多久沒來看你了，每來探視一次就多一次怨懟。依稀記得上次看到你時，已經是一副身形羸弱、風中殘燭的樣子，頭上僅剩幾簇稀疏的白髮，褐色的老人斑遍佈頭皮、雙手與臉龐，渙散的眼神飄緲遙遠，顫抖的嘴唇發出聽不清楚的囈語。

療養院狹窄的交誼廳擠滿著失智的老人，有的漫不經心的閒晃，有的心不在焉的盯著電視，好似不好看的綜藝節目就是生活中的調味料，真懷疑他們是否知道螢光幕上的搞笑藝人在笑什麼。

角落僅有兩名身著制服的女性佇立著，專心致志的在滑手機，不時發出幾聲竊笑。

這次你確實是奄奄一息，只剩一口氣了，你的報應就是受困在一具殘破的軀殼中。

當年我總是在外遊蕩不想回家，不知我媽被長期家暴。只記得有幾次你喝得酩酊大醉時對我媽拳腳相向，甚至抓她的頭去撞牆。我不解為何我媽要隱忍？為何不聲請保護令？夏天時，我媽總是穿長袖，就為了遮掩被你家暴的瘀青，然而這只是造成你更肆無忌憚罷了。

「×妳媽的×」、「幹妳娘××」、「操死妳」……這些粗鄙的惡毒言語隨時都可從你口中迸出來，你還疑神疑鬼說我媽偷人，三不五時跑到她工作地點胡鬧，簡直是精神虐待。

我姊說：你曾威脅我媽說要殺我們。

有一次我媽下班忘了買酒回來，你竟隨手拿起空酒瓶往她頭上砸，我邊看邊哭，想衝過去和你拼命，是我姊硬拉著我，她說：「你一時的衝動只會害了媽，讓他更變本加厲而已。」

得知你也對我姊動過歪腦筋時，只恨我力不從心，氣我懦弱無能，無法保護她們。尤其想到你連我也不放過，那一幕我至死難忘，無時無刻想著如何加倍奉還。

用「千刀萬剮」都無法表達我對你怨恨的萬分之一，只算是輕描淡寫而已。

你聽得到我說的話嗎？

當你喝得醉醺醺時，我媽生病了還得去當作業員賺錢。你以為憑你這點微不足道的退休金能養家糊口嗎？買你的酒錢都不夠！

酒精中毒併發腦中風！真是便宜你了！

這幾年你的退休金與花在療養院的錢正好抵銷，不然你以為我會為你花任何一毛錢嗎？你走了後，你的房子我會儘快處理掉，所得就當做對我們的賠償。

老姊，妳已經失聯很久了，我會想辦法找到妳。遺囑、器捐卡我都寫好了，如果有一天我被逮到了——我是說假設有這麼一天，我不想連累妳，也有置之死地的打算，結局或許令妳失望，我很抱歉，器官捐贈就當做是救贖吧。

蔡森澤神父曾說過：放下是我唯一的救贖，我的靈魂被困在深淵中，唯一的出路是放下。放下一切怨恨，否則憤怒遲早會把我推入復仇的火焰中，直到消毀殆盡。還要我為凌辱過我的人禱告祝福。

這是什麼鬼邏輯？

累積的怨氣猶如找到水壩的缺口，瞬間爆發開來，內心熟悉的惡魔蠢蠢欲動，向我耳語：殺啊！殺了他！

於是，我拿起枕頭往你臉上稍加施力。

有個叫「恨意」的情緒一直盤旋在我腦海裡，現在纏擾多年的夢魘結束了，已經沒有妥協的餘地了。

希望內心冰封的部份可以開始融化。

22

說起曾志良的發跡史，已經是地方上的傳奇了。

F市的地方勢力向來分為山派和海派兩大派系在角力，多年來互有斬獲，輪流掌握議會及地方產業的動脈。即使政黨政治興起，仍然無法撼動其影響力，沒有勢力及資源的派別很難在夾縫中生存。

多年前一次選舉，山派大挫敗，很多勢在必得的老將都連任失利，陣前落馬的結果就是拱手讓出半壁江山。

山派挫敗的原因有諸多說法，譬如派系倫理式微、年輕選票的流失、政治資源重新洗牌等等。掌門人痛定思痛後，決心改弦易轍，變更策略，開始扶植年輕的一輩，曾志良就是那時被大老潘振德看上的接班人。

雖然還有其他人也在口袋名單，但他就是比別人有強烈的企圖心與高竿的政治手腕，加上他富裕的家族企業，培植他上位游刃有餘。

曾志良的父親曾舜基把『新順豐營造』經營得有聲有色，政商警界、黑白兩道都吃得開。曾志良克紹箕裘，幾乎接手了所有事業。被提名前還曾多次帶頭抗爭市府任意核准垃圾掩埋場的設置；與環保團體至市府廣場靜坐，對環評訴求大力支持，爭取曝光率，儼然是山派的明日之星。

曾志良果然不負眾望，第一次參選就跌破眾人眼鏡，以該選區第二高票當選，嶄露了頭角。後來連續幾屆都當選，也當了兩屆副議長，聲望如日中天。雖有意角逐立法委員，但考量地方派系資源與人脈的掌控，寧可窩在地方性的選舉，也不願百尺竿頭更上一層樓選立委。

權力總是會使人盲目，嚐過勝利的滋味後就更想抓牢不放。

曾志良近來性格丕變，覺得羽翼已豐，自信能獨當一面，不願再當別人的傀儡，就不再甩潘振德在幕後下的指導棋，認為他的舊思維老派又保守，是過氣的老傢伙。

潘振德從第三屆市議員就開始進入地方政壇，透過山派在農會、合作社的網絡，得以擴大其影響力。從市議員、議長、國大代表一路做到立法委員，就順理成章成了山派的掌門人。潘振德近來也耳聞曾志良圍標工程、包娼包賭、掌控市府預算，胃口越來越大，卻苦無確鑿的證據。

但誰說拔毛鳳凰不如雞？潘振德雖然退居幕後，但像英國女王一樣還不想退位，運籌帷幄起來還是有大老的風範及權威。於是召集地方大老公開譴責曾志良，與他劃清界線，從此分道揚鑣。

政治是個大染缸，任誰跳進這個漩渦，洗都洗不白，但就有人愛往裏頭跳。而政治勢力此消彼長本是常態，第三勢力也紛至遝來想分一杯羹，不容小覷。因此聯合次要敵人打擊主要敵人就變成曾志良刻不容緩的事。

曾志良也不甘示弱，要另起爐灶與『正義陣線』結盟，和潘振德及山派分庭抗禮。

今年的九合一選舉，曾志良除了要與海派候選人競爭，還要提防山派支持的候選人，腹背受敵，想要在夾縫中殺出一條生路有點分身乏術，雖然整個民調與風向都對他不利，選前有嗅到敗選的味道，但危機就是轉機，不到最後，鹿死誰手都不知道。

他的選舉政見如下：

一、落實低碳城市，推廣綠色建築、能源住宅。

二、爭取選區治水經費，建構完善排水系統，改善低窪地區淹水之苦。

三、加速都會外環道路及鐵路地下化之完工。

四、以市中心為軸線，開創智慧綠能產業鏈，促進產業再升級。

五、廣設老人長照中心，爭取65歲長者健保補助。

六、推動多元創業平台，增加青年就業機會。

七、增加生育補助及育兒津貼，以提高生育率。

八、推廣雙語教育及多元學習環境。

九、活化閒置的公共設施與建築，解決蚊子館問題。

十、監督市政、不收紅包、不包工程、不經營違法事業。

這次選舉，網路選戰異軍突起，傳統的沿街拜票、租大樓掛看板、發文宣傳單都不如網路消息傳遞之快，搞直播動不動就幾十萬人點閱觀看，宣傳效果有天壤之別，誰擁有大量的網民誰就是天之驕子。但網路散布的假新聞，滿天飛的黑函、假消息、抹黑抹黃卻也是無孔不入，端看網民的智慧去判斷。

曾志良旗下的營造所圍標市府七期開發案工程被投訴揭發後，媒體和對手就像狗兒緊咬著骨頭不放，還窮追猛打。雖然懷疑是對手的競選手法，然而圍標是事實，只能極力否認到底，若當選了，就高枕無憂了，因為沒人敢在太歲爺頭上動土。

他也多次上據說他是某電台大股東的節目喊冤闢謠，說有人故意栽贓抹黑，有幕後黑手在放假消息，以道聽塗說的假新聞攻訐他，企圖影響選舉結果。幕僚也認為多爭取些同情票是為良策，畢竟在地方經營這麼久了，只要擺出哀兵姿態，鐵票還是跑不掉的。

後來有輾轉聽到一些風聞：他對手的競選總部某天半夜被數名黑衣人噴漆並開槍射擊是他唆使的；他私下經營的某間地下賭場被查獲；某處夜店臨檢時被當場逮到脫衣陪酒及販售K他命等等被對他不利的謠言滿天飛。

加上他的樁腳買票的傳聞不斷，選舉期間他的財力捉襟見肘卻是不爭之事實，是要鋌而走險放手一搏，還是先向銀行借點銀根周轉就在他的苦思中。

要命的是他選前還牽涉到一樁毒品走私案，警方苦無實質證據證實他就是幕後藏鏡人，但已在暗中布樁。

23

十一月二十四日　星期六　23：20

「各位嘉賓，很高興各位蒞臨曾志良議員當選慶功宴，今天的選舉我們贏得實在漂亮。」女主持人穿得一身喜氣，掩不住滿臉的笑意。

「雖然公投把開票進度拉慢了，而且稍早之前票還沒全部開出來，跟對手你來我往互有領先，實在令人捏了一把冷汗，直到鐵票票倉開完才篤定當選。」她賣力炒熱場子，企圖營造高潮。

「這都要感謝各位的支持，賣力拉票。廢話不多說，讓我們以最熱烈的掌聲歡迎五連霸議員上台，為大家講幾句話。」台下瞬間爆出如雷掌聲。

曾志良從座位上緩緩站起來，揮著雙手向所有人致意，看起來意氣風發，臉上堆滿了笑容，簡直合不攏嘴。

「謝謝！謝謝！感恩！真的是感謝各位！小弟這次連任成功，可說是在座各位的真心相挺，沒有你們就沒有小弟我。」他左手端著一杯滿滿的紅酒上台。

「都說山派那老頭推出的人有多厲害，妄想把我扳倒，看來也不過爾爾。可惜他們誤判情勢，勝利最後還是站在我們這一邊。話不多說，小弟我先乾為敬！」今天選舉勝利的喜悅在他臉上一覽無遺，他臉不紅氣不喘地連乾三杯紅酒，整個會場氣氛瞬間沸騰起來。

「今晚都給我醉著回去，不醉不歸啦！」曾志良豪邁的聲音響徹全場。

「最好是啦，誰怕誰啊？今朝有酒今朝醉！」台下有人起哄鬧開來。

「王董，瞧您嗆這麼大聲，等一下您就先乾為敬喔！」主持人在一旁笑得花枝亂顫。

曾志良接著說：「各位，小弟在此鄭重跟大家宣布，明天起我要更上一層樓，競！選！議！長！」他神采飛揚，士氣銳不可當。

「議長！議長！議長！議長！當選！當選！當選！當選！」主持人帶頭呼喊，台下歡聲雷動，掌聲持續了五分鐘，比舞台謝幕時間還久，當選聲不絕於耳，彷彿昨晚萬人造勢晚會再現。

接著曾志良和女主持人一搭一唱，將台下眾人捧了個一輪，再乾了快一瓶紅酒，仍然臉不紅氣不喘。

「邱董，你喝太少了，不夠暢快。」曾志良對著一位正醉翁之意不在酒地猛盯著主持人瞧的邱姓董事長調侃著說。

「人生得意須盡歡，下一句怎麼說的？對了，莫使……金樽空對月。今晚對酒就該當歌，我們請未來的議長高歌一曲，你們說好不好？」邱董滿臉通紅地大喊，大家更是大聲附和。

於是曾志良選了『你是我的兄弟』和大家搏感情，一曲唱畢，台下喝采聲此起彼落。

「安可！安可！」又是造勢晚會的氣勢再起。

曾志良指著原本坐在他身邊風姿綽約的女子說：「小璘，妳上來替我唱一首吧！」

關璘是曾志良的貼身秘書，兩人之間是何種關係大家都心知肚明，否則今天這種場合，坐在他身邊的理應是他老婆才是。

她彷彿女主人般風情萬種地嬌嗔道：「那我要議員和我一起唱。」

接著關璘特地挑了一首『雙人枕頭』和曾志良一起合唱，兩人就在情意綿綿中唱和起來。結束後關璘在台上說：「我也來乾三杯，第一杯敬議員順利連任。」一口就喝了個見底。

「關秘書真是阿沙力，夠豪爽啊！」台下每個人都鼓掌大樂。

「第二杯祝議員當選議長。」關璘自顧斟滿一杯，一飲而盡。

「好！好啊！」

「第三杯再敬各位，請各位先進繼續支持我們家議員。」她有點煙視媚行的說。

酒畢，兩人下台到各桌敬酒。

整晚席間就這樣觥籌交錯，賓主盡歡。

在停車場的其中一輛車子內，一名黑衣人正冷眼旁觀著餐廳的一舉一動，等待宴會散場後準備載人。

曾志良喝得醉茫茫、腳步虛浮，被幾個同樣醉醺醺、步履蹣跚的人攙扶著坐進自家轎車內。他一路上說著醉言穢語：「小林，我們這次贏得真漂亮啊，幹！那老傢伙派出來的貨色也不過如此，想把我幹掉，門都沒有！」接著又口齒不清的咕噥了幾聲，「來來來，大家再乾一杯，我是下一屆的議長，不要敬酒不吃要吃罰酒唷。」

ջ ջ ջ

十一月二十五日　星期日　02：23

一艘從柬埔寨裝貨的菲律賓籍遠洋漁船『神龍號』，幾小時前剛在菲律賓呂宋島卸貨並裝上另一批貨櫃後，以2.8節的速度緩緩的往東北方向駛去。

在本島南部西南方海域１６０海浬處，有另一艘『海豐號』漁船正等待接應。

「神龍呼叫海豐，收到請回復，完畢！」這是神龍號對講機發出訊號後被攔截到的通信對話。

「收到，請講，完畢！」海豐號的船長回答。

「準備下錨，完畢！」

「收到，完畢！」

十分鐘後，兩艘船在惡浪洶湧的海面上會合，船員們忙著將神龍號上的貨物搬到海豐號上。交接完畢後，海豐號即以15節的船速急速通過公海領域。

「各小組注意！」對講機裡終於傳來羅啟鋒檢察官的聲音，「十分鐘後展開行動，完畢！」

這次突襲行動是由檢察官羅啟鋒帶隊指揮，包括海上兩艘巡緝艇及數名岸上特勤員警，兵分兩路。

今晚海面上漆黑一片，海象又不佳，浪差高度足有七公尺高，但全員都精神抖擻，個個摩拳擦掌，準備大展身手。

倒數計時。

ઈ ઈ ઈ

曾志良沒發覺一路被載到他的營造所承包尚未完工的『眾議苑』建案大樓附近，該建案因選舉前花了一筆龐大經費，周轉不靈而暫時停工。預購戶很多是首購族，銀行貸款都繳了好幾期，工程停擺又被下包廠商控告多次跳票，也鬧上了新聞版面。

黑衣人事先已觀察過該地點，知道在幾個地方裝有攝影機，不確定是否還有功能，但還是選擇避開。建地外圍以鐵皮圍著，有個角落被掀開，足以容納一個中等體型的人通過。費了一番功夫，才硬把曾志良拖進去。

預定的室外泳池區堆滿了棄置的廢棄物，零散的溢到平地，一樓的建材幾乎搬光了，只有零星幾個厚紙板散落在一隅，恐怕擋不了強風吹襲。

黑衣人留意到四周都沒有人佇留，甚至連隻野狗都沒有，四下一片死寂，選舉夜連流浪漢也瘋狂吧。黑衣人知道載貨電梯還可運轉，於是將依然酒醉未醒的曾志良往載貨電梯拖過去，他只發出嗯嗯啊啊的囈語，似乎不覺得被人拖著走。

電梯緩緩升到五樓。

黑衣人在曾志良臉上左右摑了一下，他醉得全身癱軟無力，坐靠在牆上，毫無反應。黑衣人拿出電擊器往他身上一電，他似乎也沒感受到電擊的疼痛，只是迷迷糊糊地說：「到家了嗎？」

黑衣人將電流加強，再電一次。藍白色的電流由一端電極竄到另外一端，在兩極間吱吱作響，曾志良被觸即瞬間，兩眼翻白，身體開始痲痺抽搐，整個人跌落地面，酒意全消，但完全搞不楚眼前狀況。

「你……？阿剛呢？」他掙扎著爬起來。

「你說你的司機啊？」黑衣人冷峻的說，嚴厲的眼神射向他，「被我打發走了。」

「你是誰？這是哪裡？我不是在慶功宴上嗎？」一口氣問了幾個問題，黑衣人被他滿嘴的酒臭味噴得退避三舍。

「你還在做你的春秋夢，」黑衣人一腳踹向曾志良大得像只定音鼓的肚子，「很難想像你這臃腫的身材是多少交際應酬加上酒色財氣累積出來的。」

曾志良何曾如此狼狽過，驚魂未定的說：「別……別踢我了，我是今天剛當選的議員，你是不是抓錯人了？」

「你不是曾志良嗎？未來的議長嗎？」黑衣人一臉不屑的表情瞪著他。

「你知道我是誰，那還不放了我？」曾志良壯起了膽子。

「我當然知道你是誰，你旗下的人蛇集團專門媒介東南亞移工到風月場所從事色情交易。你和魚肉鄉民的幫派份子掛勾，他們靠你吃香喝辣，你靠他們幫你喬事情。你走私毒品再利用名下的夜店、酒吧、KTV販賣給癮君子。你經營地下賭場，黃黑賭毒都沾了。還有什麼沒插旗子？」

「該死，你說的都不是真的，我沒做的事就敢拍胸脯說沒做，一定是我的對手造的謠，要陷害我於不義的。我做了多少善事你可知道？」曾志良眼珠骨碌碌地轉，謊言在他臉上浮現。

政治人物有時候就是最佳演員，你永遠不知道他任何場合都可以脫口而出的話是套好的台詞，是真心話，或是違心之論？

「媽的，你做了一堆傷天害理的事，再包裝成大善人形象。偶爾捐獻給弱勢團體，做做公益，就頻上媒體版面搞形象。表面上是正派經營的建商，檯面下壟斷政府工程，其他包商敢怒不敢言。你到底塞了多少紅包、給了多少回扣去打點？」黑衣人打從心底感到憎惡，微現慍怒之色。

「你放過我吧？你要什麼好處都給你。不然這樣，你以後就跟著我，包你不愁吃穿還可領高薪。」

「你要我和你同流合汙，成為一丘之貉嗎？你們這惡勢力盤根錯節，什麼都要分一杯羹，做了多少藏汙納垢的骯髒事，簡直是罄竹難書。」黑衣人反唇相譏。

曾志良沒留意到黑衣人猶如猛獸撲殺獵物之前那一刻的眼神已蓄勢待發。

大約半年前吧，羅啟鋒剛承辦林清源命案不久就接到一通匿名電話，對方提供了林清源分裝毒品的地方。他簡直喜出望外，一方面半信半疑，不相信這種好運會降臨他頭上，一方面開始著手調查並跟監毒品分裝地點。

即使林清源去世了，他的王國立刻有人接手，顯而易見幕後有龐大的組織在運作。他不動聲色的逮捕了接班的經理，一番曉以大義並保證減輕他的刑罰後，他才願意配合當線人，終於等到這次行動的出擊。

半小時前，羅啟鋒正在其中一艘巡緝艇上聽著艇長彙報從雷達偵蒐到海豐號的訊息。燈火關閉的巡緝艇位於北緯2109.355，東經11987.834海域處等待海豐號自投羅網。

海豐號悄悄接近到12海浬岸距時，船員以浮標定位，忙著將10箱共裝著600塊海洛因磚的防水箱往海面丟落。船長通知岸上待命的蛙人來撈取後，船首線就會即刻轉向，準備往北方駛離。

此時羅啟鋒一聲令下，巡緝艇燈光打亮，警笛同時鳴起，加速從目標船左右兩方包夾過來。

海豐號大驚失色，有船員試圖割斷繩索，讓箱子漂走。

船長則立即來個九十度大轉彎，企圖加足馬力逃逸。

羅啟鋒開始廣播喊話：「你們已經被包圍了，快關掉引擎，我們要登檢了，不要做無謂的抵抗！」

海豐號船長哪聽得進去，抓狂似的蛇行、旋轉、狂飆，層層浪花被激起。

巡緝艇又豈是省油的燈，兩艇分進合擊，其中一艘快速衝到海豐號前方，逼得它差點就衝撞過來，海豐號頑強的橫移，才免去相撞的命運。

ઠ ઠ ઠ

「你徹頭徹尾都在演戲，幹！」

黑衣人手中不知何時多了一支鋼條，猛然一揮，不偏不倚就擊中曾志良的左太陽穴。

曾志良的頭顱宛如被橫衝直撞的大象踩過，陣陣暈眩接踵而至，眼前變成一片漆黑。他的臉色瞬間整個刷白，瞳孔帶著懼怕，一個瑟縮，一道尿液竟順著褲管流下來，今晚喝的酒也全部吐了一地。

他痛得身體微微顫動，好像身上有個馬達，震動了一下的同時也把他的臉牽扯得縐成一團，那雙因酒精而充滿血絲的眼睛散發一種疑惑，習慣發號司令與接受別人奉承的他，壓根兒沒想到今晚會從天堂跌落地獄，全身血液都凍結了。

「你們這些政客就會大開選舉支票，執政的人不管用多麼崇高優雅的字眼、多麼具有說服力的口號、多麼理想的願景，若沒有從人民渴望的經濟角度切入，就都蕩然無存，無法得到大家的選票。人民的肚子不能先填飽，如何著手談改革？」黑衣人有感而發地談起政治來，「各黨派陳腔濫調的技倆都是在騙選票！」

曾志良忍著從太陽穴傳到頭皮的疼痛，心裡盤算著要如何打發眼前這兇神惡煞。

他笑得略帶惆悵：「你知不知道要建立這個江山多辛苦、有多累，每一步都像發射出去的箭，不得不往前衝，否則這一切不是拱手讓人就是被吞噬掉。這是個人吃人的世界啊！對敵人仁慈就是對自己殘忍，對我們這種人而言，能撈就盡量撈，這是金科玉律。」

黑衣人的眼神陰鬱得令人捉摸不定，曾志良沒察覺到他浮現出一種憤怒，但來得快，消逝得也快。

「所以種種作奸犯科的勾當你都幹？」黑衣人鄙視地瞥了他一眼，好像他是什麼垃圾一樣。

「你該知道，有些人一旦開始數起鈔票就不認為是自己人了。所以我養了很多人，觸角伸得很廣，我不能把雞蛋全放在一個籃子裡。」曾志良氣急敗壞地辯解著，「我好歹也是個議員，算我求你，放了我吧。」他又擺起哀兵的姿態，哭得涕泗縱橫。

「這不就是你們政客慣用的伎倆，還敢強詞奪理！你只是在做困獸之鬥，苟延殘喘罷了，我今天抓你來豈有縱虎歸山之道理？」

曾志良聽到這裡，頸子後方的汗毛根根豎起，已嚇得心肺俱裂，一臉萎頓又期期艾艾的說：「我求求你……，我……，我給你下跪，我給你磕頭啦。」說著說著就試著想移動他那龐大的身軀。

黑衣人不容他再多加狡辯，手中的鋼條加重力道再往他左太陽穴猛烈一擊。

他感覺到心臟猛烈跳動，身體內一股莫名的不適感湧起，顫慄穿遍全身，痙攣一陣陣直達胸口，臉部因疼痛而幾乎扭曲變形。他巍巍顫顫地想站起來，眼前一黑，想伸手抓住些什麼都好，但手臂卻如鉛塊般沈重，身體宛若洩了氣一般，只能蜷縮著身體倒向一旁，一股鮮血汩汩而出。

曾志良的雙腳被黑衣人用力拉起，下半身順勢被提離地面，沉重的身軀被他往室外拖去。費了一番功夫，好不容易才拖到電梯井前。

黑衣人停下來略喘了幾口大氣，再蹲跪下來往曾志良的雙肩使勁。

曾志良被黑衣人從中空的電梯井猛推，直直摔落到地下室二樓。

ಌ ಌ ಌ

同一時間，在岸上守株待兔的特勤員警把探照燈打在躲藏在淺礁區的幾個蛙人身上，從四面八方包抄過來。他們就像螞蟻窩被熱水澆淋的螞蟻，紛紛走避四竄，幾個企圖潛入海中的也無所遁形，被甕中捉鱉，逮個正著。有人企圖掙脫，有人拿起蛙鞋朝員警猛擊，卻無異是如卵擊石，片刻便都被制伏，一網打盡。

巡緝艇一靠近海豐號後，海巡署隊員就一個個奮勇當先，搶著登船。一名隊員右手一個撐跳，不料到一個湧浪過來，沒撐穩了，差點掉入海面，所幸及時被扶住。

海豐號船員企圖以長竿、鐵鈎攻擊，但終究不敵海巡署隊員的強勢攻堅，沒三兩下都束手就擒了。

24

十一月二十六日　星期一　今日晨報　頭版

檢調破獲毒品走私案　引出案外案

檢調單位與海巡署在南部海岸偵破大宗毒品走私案，查獲約600塊「福祿壽」客製化品牌海洛因磚，重量達210公斤，市值約30億，並逮捕王姓主嫌。

檢察官羅啟鋒在偵辦一起今年六月毒販林清源被殺案件時，突破林清源手下一名廖姓經理心防，供出毒品上游來源，並得知販毒集團都以大小船隻接駁毒品至離岸數海浬處，以浮標定位丟入海中，再派蛙人將毒品拉上岸方式走私毒品。

半年來和各相關單位進行監控，昨天終於在南部海岸查獲該批毒品，主嫌與船主、共犯共十名皆被拘提到案。警方士氣大振，再接再厲循線往中下游追查，竟查到昨天當選就被殺害的曾志良議員竟是這個集團的操盤手，林清源則是負責分裝及銷售。

「很遺憾曾志良議員被殺害，與毒品走私是否有關聯性目前還有很多疑點尚待查清。」檢察官羅啟鋒語帶保留的說。

十一月二十六日 星期一 勁報 社會版

新科議員遇害 F市山派大老感慨良多

「曾志良議員昨日慘遭殺害，我深感痛心與遺憾。痛心的是我們山派失去了一位長期以來為民喉舌的同志，雖然大家都聽聞曾議員與我有些誤解與隔閡，但我一直把他當作親兒子一般看待。昨天開完票後我還打電話向他祝賀當選，做夢也沒想到他會慘遭橫禍，相信警方一定會毋枉毋縱找出凶手，予以制裁。」F市山派大老潘振德接受採訪時語帶哽咽的說。

「遺憾的是，聽說地檢署查獲曾議員是販毒走私集團的人，走私毒品是傷天害理的事，我絕不允許這種事在我眼皮子底下發生。之前也從未得知或察覺曾議員從事這種勾當，否則一定嚴加譴責並勸誡。」

潘振德最後呼籲，知道是誰殺害曾志良的人能出面協助，本人將贈送一筆酬勞當破案獎金。

❦ ❦ ❦

『晨曦聖教堂』矗立在沒有櫛比鱗次房屋的舊商業區兩條馬路交叉口上，陽光透過拱窗的彩繪玻璃，將哥德式風格的教堂照亮出一片祥和肅穆。已至垂暮之年的江克杰神父在告解亭內頌唸禱詞，準備接受對面男子的告解。

在他的印象中從未見過這個人，或許需要天主寬免的人太多了，或許記憶力已隨著年紀漸老而不復既往，或許兩者皆有可能。

總之，這名男子不在神父的口袋名單中。況且，來告解的人有多少是真正懺悔的？有多少是沒有領洗、沒有報上真實姓名的？也許是突發奇想走進教堂，剛好碰上有安排告解，就順理成章排上了。

反正都是上帝的子民，神父都是平等對待。

男子在胸前畫完十字聖號後開口說：「因父、及子、及聖神之名。阿門。求神父降福。」

「願主啟發你的心，使你能誠心懺悔，誠實告明。孩子，你有罪要告解嗎？」神父的語調充滿著慈祥與滄桑。

「我有罪。我是第二次告解，可是我已經犯了很多罪。」

「在天主的慈悲恩聖下，祂會赦免你的。」神父帶著十分關切的神色。

「我無可救藥的厭惡那些人，所以我……。」

「那些人？」

「那些我殺的人。」

「你殺了人？」神父一臉錯愕，懷疑自己是否聽力也衰退了。

「神父，如果我殺了人，天主真能赦免我嗎？」

「你確實有嗎？」神父已觸動了忐忑不安的情緒。

「……，我心裡有罪惡感，請神父寬免，洗淨我的一切罪污。」男子顧左右而言他。

江克杰神父請男子跟著他誦唸『痛悔經』[21]。

「我有股衝動想再殺人。」誦唸結束後，男子的肢體語言述說的還是煩躁與不安。

「孩子，放下一切怨恨，內心要真心痛悔。懸崖勒馬猶未遲啊！」

「可是……，不是說『殺人會上癮』嗎？」

「你不會還想殺人？」神父打了個寒顫。

「你可以為我誦唸『赦罪經』嗎？」男子要求神父。

江克杰神父遂唸起『赦罪經』，但唸到「現在我因父及子及聖神之名，赦免你的罪過」卻唸不下去。

「天主已經寬恕我了嗎，神父？您還沒劃十字聖號唷。」

神父急忙說了聲「天主保祐你」。

男子回了一聲「天主保祐神父！」後轉身離去。

江克杰神父冒出一身冷汗，陷入天人交戰，是要向天主禱告，請祂指引迷途的羔羊？還是向警方舉報，有個人可能四下犯案，還會有其他受害者？

---

21 告解時神父會先要求做一些事或唸一些經文，以回應天主的慈悲。然後，神父會請你高聲誦唸「痛悔經」，表示痛悔所犯的罪，決意改過，再也不敢犯天主的誡命，期望天主赦免其罪。

曾志良一夜未返，他的家人、助選團出動全員去尋找，直到隔日中午才發現ＢＭＷ轎車正停在自家建案的工地附近。後行李箱內則是嘴巴貼著膠帶，雙手被反綁，極力掙扎後奄奄一息的司機發出的踢撞聲。於是一夥人進入工地搜尋，直到Ｂ棟地下室二樓電梯井才發現屍體。

依施工設計圖來看，眾議苑佔地約一千多坪，鄰近公園綠地、學校預定地，公共設施有閱覽室、交誼廳、健身房、兒童遊戲室、視聽室、游泳池、歐式庭院、人工造景，是規劃地上16樓、地下兩樓，A至D四棟大樓的住家大樓。每層樓有三戶，四棟大樓的電梯各自獨立，最頂樓則是單一一戶，若完工，估計可住進170戶人家。

ɛ ɛ ɛ

警方出動了大批人力搜索整個Ｂ棟大樓，尋找任何可疑的證據及跡證，終於在五樓的５０１室發現有滴落狀的血跡。

「血跡從應該是主臥室的地方一路沿著客廳到玄關，再到尚未裝設電梯的天井。」鑑識小組的許佑祥研判現場的血跡後如此判斷。

「血足印清楚嗎？」高子俊問。

「血跡的源頭有血足跡，但凶手踩到血後在地上擦蹭，所以被踩糊掉了。」

「我有看到主臥室的牆壁有甩濺的血跡。」

「是的，主臥室除了地上有一灘嘔吐物，上方的牆壁也有甩濺的血跡，我想是血液沾附在兇器上，隨著兇器揮甩時甩濺到牆上了，」他嘆了一聲，「可惜現場沒找到兇器。」

501室的地面原本已積了厚厚的一層沙土，上面有明顯拖曳的痕跡及些微的血跡和足跡。

「歹徒拖拉著曾議員，鞋印都被拖曳痕跡抹除了，從地面至五樓的樓梯間則未發現任何足跡。」許佑祥指著地面說。

許佑祥再於載貨電梯的開關、拉門上採檢指紋。

他又嘆了一聲，「都不足以達到採證的條件。」

經過鑑識小組及警方地毯式搜索後，才在一樓到處是雜沓鞋印的歐式庭院的人工造景石堆找到一把沾有血跡的鋼條。

在曾志良陳屍的B棟地下室二樓電梯井地面，看到的是他手腳四肢及頸椎都骨折，扭曲變形，像斷了線的木偶俯趴在那裡，血液漫溢成一片血泊。經比對沾有血跡的鋼條及地下室採集的檢體後，確認是曾志良的血液無誤。

曾志良的司機已經跟在他身邊多年了，據司機的供詞述說，昨晚因為要開車，只小酌了兩杯，酒足飯飽後原本要等候曾志良慶功宴結束載他回去，於是在停車場抽著菸等候。近午夜時，身體突然被人電擊了一下就不省人事了，他未看到何人所為。

等他醒來後，發覺被關在後行李箱，雙腳試著踢行李箱蓋卻踢不開，直到被大夥找到。

封住他嘴巴及雙手的膠帶上沒採集到清晰的指紋，在他的身上也的確有燒灼的痕跡。警方並不排除是他自導自演的可能性，也扼腕餐廳停車場未裝設攝影機。

另外有兩名年輕的目擊證人供稱，他們是一對情侶，知道眾議苑停工一段時間了，是約會的刺激場所。

「我們三不五時會在那裡幽會，雖然知道有些流浪漢一般都會群聚在低樓層過夜，躲避寒風吹襲，但反正各走各的陽關道，河水不犯井水，相安無事就好。」

男的皮膚黝黑，長得一臉獐頭鼠目樣，脖子從後頸部延伸到下巴有著很明顯的刺青，左手上臂則刺著一個穿著和服的日本女子。女的則一副百無聊賴的樣子，緊挨著男友。

「當晚我們從A棟十樓往下闇黑處看到有兩個黑影，其中一人拖著另一人走進B棟的載貨電梯，被拖的人似乎沒有掙扎而任其擺佈。我說的對不對？」刺青男望向另一半，那女的嬌羞的點點頭。

「大概什麼時間？」偵訊他們的偵查佐程灝問。

刺青男回答：「應該是兩點左右。」女的再次點了點頭。

「約二十多分鐘後，我們兩人同時聽到B棟有陣陣唉嚎聲迴盪在棟距之間，格外嚇人。」

「是啊，」女的開口說了第一句話，「我叫他不要多管閒事，免得惹來殺身之禍。」

「所以你們什麼都沒看到？」程灝問。

「我們不敢去一探究竟，也顧不得辦事就急忙走人了。」刺青男嘿嘿一笑。

新科議員被殺，加上傳聞曾志良是販毒首腦的新聞就像流感一般蔓延開來，全國上下一陣嘩然，電視台從早到晚都在探討這樁謀殺案。在野黨則借題發揮，發表強烈的措詞，譴責政府無能，無法給予人民基本的生命安全保障。

政府高層勃然大怒，被下令要限期緝拿兇手破案的警政署，籠罩在風聲鶴唳的暴風圈下。

25

十一月二十七日　星期二

「哎呀呀，這下敲得可真慘啊！實在是不忍卒睹。」徐易鳴法醫剃除曾志良的頭髮後脫口而出。

「你們看這裡，顱骨骨折的挫裂創是呈放射狀，敲擊的力道應該滿強的，才會使得顱骨沿著多條壓力線裂開。還有些碎骨片喔，你們猜是什麼兇器造成的？」羅啟鋒檢察官、高子俊隊長和孫幗芳都臉色凝重地圍在解剖台邊看著他解說。

在徐易鳴檢視完曾志良左胸部的燒焦痕跡，說明電擊槍、電擊棒或電擊器都可能會造成這種效果後，再看到挫裂的顱骨，孫幗芳就覺得早上吃的培根和煎蛋像那根鋼條似的壓在胃裡，一陣陣噁心的感覺湧上來，她心想，今天應該撐不到鋸開頭顱吧？現在可以打退堂鼓嗎？

「犯罪現場是個工地，真的是要什麼有什麼，鐵鎚、鋼條、鐵管，鈍的、尖的一應俱全。」高子俊說。

「若是鐵鎚敲擊的，會有圓形及凹陷狀骨折，但曾志良這顆腦袋沒有這種狀況。」徐易鳴正色地解釋著。

徐易鳴接著把現場找到的鋼條來比對頭部傷口，確定是犯案兇器沒錯。

「你們還記不記得林清源的鞭傷也是用鋼條當兇器，只是這次的鋼條在工地現場隨手可得，口徑也比較粗，檢察官你又查到曾志良和林清源是毒品共犯，你們相信是巧合嗎？」

其餘三人都不置可否。

「巧合是不可信任的，」羅啟鋒開口說，「我只相信證據。」

接著曾志良的頭皮被徐易鳴切開，再以開顱鋸鋸開他的天靈蓋。

「哇，骨折線都從『枕部』（後腦勺）延伸到額部了，」曾志良的腦組織被取出後，徐易鳴驚嘆的說：「整個硬腦膜和上下腔都出血了，你們看，血液擴散到『枕骨大孔』了。就這裡！」他用止血鉗指著顱骨底部近頸部後側，與顱骨相連的孔給三人看。

「腦壓一定飆升得很高，死的時候應該沒有意識了。」他一邊說一邊比劃。

羅啟鋒問：「現場不是有一灘嘔吐物嗎？聽說他們慶功宴上酒喝得很兇，是酒醉吐的還是其他原因？」

「是的，死者頭部受創後顱內壓升高也會導致嘔吐。你們再看顱內腔這一大片範圍，頭部沒什麼大動脈血管，所以出血量都在顱內，五樓現場沒有大量血跡就是這緣故。倒是摔落到地面後，四肢及頸椎都骨折，內臟也破裂了，估量是腳下頭上被推落的。」

「當然啦，」曾志良的胸腹腔被剖開後徐易鳴繼續著說，「屍體在空中翻滾的可能性很高。腦漿沒有迸裂出來，應該摔落地面時不是頭部先著地，才沒有大面積衝擊傷。」

「曾志良的手腳有開放式的壓迫性骨折，碎成好幾塊了。看腳骨這裡，」三人望向徐易鳴指著的地方，「壓力順著骨頭的長軸施壓而推至末端，形成Y型斷裂豁然可見，應該是墜落時雙腳先著地。」他斬釘截鐵地說。

根據餐廳眾人的說詞，今天午夜一點多宴會才結束，加上司機的證詞及中午發現屍體，死亡時間不用剖開腸胃也可估計在十小時左右。

ઢ　ઢ　ઢ

十二月三日　星期一

簡報室流露著一股滯悶的氣氛，大家臉上都掛著黑眼圈，一副身心俱疲的模樣，難得局長也列席參加。

局長開宗明義就說：「之前幾件專案延宕至今一無所獲，我知道你們已經承受很大的壓力。但上層限定時間要我們把曾志良議員這一案破了，所以當務之急還是此案優先。有必要偵三隊也一起支援辦案，大家儘管全力以赴，有任何問題我當你們的靠山。」他說得義憤填膺的。

局長訓勉結束後，刑大隊吳立恆隊長當場指示高隊長與偵三隊合作，攜手調查，冀望兵分多路，在緊鑼密鼓的偵察下能早日破案，至於人力的佈署則由高子俊統籌支派。

孫幗芳首先發言：「根據這幾天大家不眠不休，滴水不漏的查訪，我們已鎖定了幾個涉嫌重大的疑犯，一個是蔡慶立。他是關璘之前的同居男友，關璘就是曾志良的秘書，蔡慶立一年前就懷疑議員和她關係曖昧，後來果真拍到兩人的性愛光碟。

「關璘提供的線索說，蔡慶立曾用光碟向曾議員勒索一百萬得手，後來吃喝嫖賭很快就花光了，他又想要故計重施，佯稱還握有光碟的原版，但被議員派人毒打一頓，還反被拍下裸體下跪認錯的影片。她認為蔡慶立有可能因此懷恨在心，狠下毒手，目前警方正在通緝他到案說明。下一個請甄小分隊長說明。」孫幗芳做球給他接。

甄學恩清清喉嚨接著說：「曾議員身邊還有一個男秘書叫鄭郁鑫，原本一開始是山派大老潘振德指派的，後來曾志良和潘振德撕破臉了，他也跟著失寵不得勢。只是曾志良念及舊情，還是把他留在身邊。謠傳曾志良身邊有很多人跟他咬耳朵，說曾志良根本是在養虎為患。

「或許鄭郁鑫知道太多曾志良的秘密，他不得不把他留在身邊就近看管，因此我們把他列為調查對象，說不定曾志良真的是養老鼠咬布袋，是他買凶殺人，那麼就抓到這隻大老鼠了。」

「有什麼證據或徵象指向他嗎？」偵三隊隊長姜榮慶問。

「我還沒報告完，」甄學恩撓撓頭說，「曾志良身邊的人我們都會一一過濾，是有人密告說他有嫌疑，我們才優先列入調查。事情就這麼巧，昨天他就主動到局裡配合調查。

「他說真金不怕火煉，人不是他殺的。他舉了好幾個理由，包括曾志良是他的衣食父母，他還指望靠他升官發財，他若要陷曾志良於不義，只要把他那些骯髒齷齪的證據公諸於世，就可讓他身敗名裂，鋃鐺入獄了，又何必殺了他。只是有關毒品的事，他一概說他不知情。」

「他不是大老鼠，是隻老狐狸。」局長有感而發的說，「曾志良那些骯髒齷齪的事一旦被公諸於世，的確會牽扯到很多人……，很多有名望的人。」

王崧驊緊接著站起來報告：「我們從懷疑選舉競爭對手、毒品所得分贓不均，到幫派衝突，舉凡酒色財氣，黃黑賭毒各方面都下足了功夫，只是嫌疑人太多了，卻都沒有掌握到十足的證據。」

「若有任何嫌疑犯或重疊的線索，不要用舊思維辦案，不要墨守成規，現在全國都在看，我們有非破不可的壓力！」局長看了看手錶，以另有要事為由，打斷王崧驊的報告，落下這幾句話後就先行離席。

吳立恆隊長接替主持會議。

王崧驊遲緩了半晌又繼續說：「曾志良的地下錢莊害慘了許多人，尤其是癮君子與賭徒借了錢還不出來，討債的打手就到人家家裡潑漆、噴字、撒冥紙、放鞭炮、擄人凌虐，無所不用其極，有夠crazy的。」接著就意識到自己竟然是帶著憤怒的語氣在說。

孫幗芳在底下補充說明為何沒人報案。

「分隊長說得沒錯，受害人不敢報案，怕被報復。他們的老婆女兒據說稍有姿色的，就被強押到酒店上班抵借款。我們只要介入調查，上面就來關說，高隊長也知道。」他眼睛瞄向高子俊，只見他微微頷首。

「是選舉恩怨嗎？雖然選前流言風語很多，但應該只是選舉的花招與伎倆，選票一開就一翻兩瞪眼。要嘛再污個四年，要嘛捲土重來，殺了他，落選的也不會因這樣就遞補上來。」

他等大家沒有異議，思索了一下才說：「那麼有可能是他手上握有他人把柄，那個人非置他於死地不可嗎？」

底下有人插話問：「是工程圍標糾紛嗎？是酒店、地下賭場分贓不均？還是幫派清理門戶呢？」

王崧驊看著那個人回答：「要針對這幾個方向偵查，恐怕不是一時之間可查得脈絡分明的，太錯綜複雜了。況且有太多人在這幾個行業靠曾志良雨露均霑，他黑白兩道通吃，這個共主掛掉了，他們要找到下一個也不容易。

「人家說『樹倒猢猻散』，真的沒錯。才幾天光景，他身邊的人紛紛與他劃清界線，關係撇清一乾二淨。我們是認為搶奪毒品地盤，因毒品與人結怨的成分居高。因為這塊餅太大了，一個不小心就容易擦槍走火。」

ꕥ ꕥ ꕥ

高子俊把這幾天的調查及前三個案件做綜合分析。

「諸位都知道，電視台早就報導過可能是連續殺人案件，但吻合的地方實在很少。一、沒有相同的殺人專有手法，死者的死法都不同，割喉、勒頸、分屍、刺死、墜井，都迥然不同。二、沒有專屬的記號、專用的特徵，屁股被鞭打、乳頭被扯破、陰莖被切除、皮膚被剝除，手法大相逕庭。」

他看大家沒有提出問題，就繼續說：「三、四名死者除了林清源和曾志良算有點關聯性外，在經濟、職場、地緣、背景都不相關。四、凶手殺人沒有週期性，六月二十八日、八月三十日、九月二十二日、十一月二十四日，有兩個月，有一個月。「當然啦，我們也不能排除是同一個連續殺人犯所為，目前先以不同凶手所為來假設，做任務編組。」

「我認為凶手不見得孔武有力，但至少是個體力好、體型結實的成年人，才能制伏或搬動三個男人，年齡推測應該在二十至四十歲之間。」王崧驊舉手發言。

甄學恩補充說明：「別忘了，穿41號半鞋子的人，平均身高是165至175公分。」

「我是覺得凶手跟蹤能力強，對死者的行蹤掌握得一清二楚。另外，除了沈曼莉可能是在凶手家裡行兇外，其他的案發現場就是第一現場。凶手家裡是否隔音效果良好，才能避免電鋸的聲音被鄰居聽到？或是趁白天時鄰居不在時行兇？」孫幗芳說。

「凶手是慣犯還是初次犯案看得出來嗎？」第三分隊分隊長汪曉晴也發問了。

「是不是第一次作案從殺人手法不能斷定，但有組織能力是很確定的。若不是第一次作案，那麼從縮小未偵破案子的範圍、時間有無相似處來找嫌疑犯，可行性也是有的，但我們在和時間賽跑啊。」

「雖然每次手法都不同，又如何確認不是同一人所為？」汪曉晴還是追著這個問題問。

「目前關鍵物證只有鋼條、鞋子尺寸。凶手明目張膽的將兇器丟棄現場，有恃無恐地認為不會有他的血跡或其他跡證附著，所以指紋、DNA都付之闕如，很難認同是一人所為。」孫幗芳代為回答。

「我倒認為凶手精神或心理方面有偏差，是個變態。」甄學恩尷尬的笑了，自以為講了一個很幽默的笑話。

「我也覺得他的情緒特點很明顯，一般殺人不會針對致命傷以外的不同部位下手，凶手可能因死者不同罪行做不同反應，或有刑求逼供的模式，像收藏死者隨身物品也是。」孫幗芳贊同的說。

「是病態不是變態。」吳立恆隊長解釋說，「病態是精神有疾病，無法分辨對錯的病人，變態者的思維則是正常人無法理解的行為。」

「我把案情再稍微描述一下，大家來個腦力激盪，看能不能碰撞出火花。」孫幗芳提議道。

「先從作案時間、地點、方式說起。凶手跟蹤被害人，清楚他們的作息，正所謂明槍易躲、暗箭難防。林清源是從夜店出來後在人車罕至的省道遇害；曾志良則是慶功宴後在停工的建築工地被殺害；方諺國是在尋花問柳後於荒廢的文創園區遭毒手。」她把F市的地圖投射在螢幕上，並用滑鼠將三個地點標示出來。

「作案時間都在週間的晚上至半夜，地點都是偏僻或廢棄的地方，我相信是事先就勘查好的。至於被害人是被跟蹤或被挾持，從身上有辣椒水及電擊器的痕跡可略知一二。若要說文創園區不是預謀的犯案現場，也許方諺國被殺後就被棄屍在路旁的排水溝也未必。

「但上述的分析對沈曼莉而言就例外了。從林清源到曾志良四樁命案，除了沈曼莉以外，命案現場和被害人的地域性都有相關。背景、年齡、職業、身分則沒有相似性，只有方諺國有前科紀錄，林清源和曾志良還是有頭有臉的人物。仔細推敲，畢竟殺害剛當選的議員根本就是在挑戰強權與司法，可謂膽大妄為，應該會被黑白兩道追殺，除非背後有保護傘。」

「我是認為再怎樣，殺害沈曼莉的凶手都不會是同一人，我們連她為何死的則無從揣測。」甄學恩發言道。

「我投一票，除了沈曼莉外，三案都看得到被害者有販毒、性侵等神人共憤的『特質』，擺明了凶手憎惡的情緒，一般人下手殺人不會由特質去找尋『模式』。」王崧驊的目光和甄學恩有默契地對上。

「我們會不會太專注於非得把四件案子兜在一塊不可？」汪曉晴冷不防冒出一句問。

「怎麼說？」

「就太專注於非得找出四人的關聯吧，畢竟證據鏈不夠周密嚴謹，好像串不起來，除了曾志良和林清源有毒品的關聯外。」

王崧驊附和著說：「汪分隊長說的我也同意，我猜想凶手預先並不知道兩人的關係，會不會是檢察官抽絲剝繭查出來的？我還是覺得凶手就是憤世嫉俗、看不慣作奸犯科的人逍遙法外，而這種人才是難以追查的，他應該是抱著必死的決心作案，因為殺害議員的代價太高了。」

「你這牆頭草！」甄學恩故意譏諷的話脫口而出，暫時緩和一下氣氛。

「不然跟你打賭，你輸了就kiss我的ass啦！」王崧驊不服氣的說。

「但我始終覺得凶嫌的反偵查能力很強，」孫幗芳把大家的注意力導回正題，「一、現場幾乎沒找到指紋、精液、菸蒂，凶手知道要帶著手套作案及不留下可驗出ＤＮＡ的證物。二、凶嫌懂得躲開監視器，我們調閱了多少監視畫面都找不到可疑的行蹤。三、」她停頓一下，看其他人有沒有異議。

「有明顯鞋印但無明顯血足印。明顯鞋印的尺寸無法作為盤查依據，畢竟穿41號半鞋子的人太多了，只可做為認定凶手的證據。」她再提出自己的觀點。

「有沒有想過是模仿犯做的案？」偵三隊隊長姜榮慶問。

「從凶手用刀習慣或手法、兇器；沈曼莉除外的被害者很快就被尋獲；只有曾志良被殺時有目擊者，種種跡象看來都不像是模仿犯做的案。」

「是呀，幾個月來我們偵訊的嫌疑人少說也有三、四十個，都焦頭爛額了，也沒有罪證確鑿的，更不用說模仿犯了。」甄學恩洩氣的說。

「我們也呼籲民眾在六月二十日至十一月二十五日，幾個犯案現場周遭有行車紀錄器拍到可疑的人事物要提供給警方，但都沒有實質有用的證據。」

吳立恆隊長說：「我說個題外話，上頭已提撥經費要建構『臉部辨識系統』及『大數據分析系統』，相信對大家的辦案效率會有極大的助益。

「我們目前的數據庫還不夠完整，指紋、DNA、槍枝、彈藥，甚至鞋印都可建檔，用人工智慧取代傳統辦案方式，搭配監視系統、手機通聯、GPS定位來預測或推斷凶手，應該是指日可待的。」大家聽完一片譁然。

「各位，我先做個結論，」高子俊清了清喉嚨說，「首先，我把沈曼莉一案先認定是另一凶手所為。其他三案犯案現場相似，皆與被害人有地緣關係，跟蹤後行兇得逞，應該是計畫已久。再者，兇器都有鋼條、刀刃，手法乾淨俐落，我也不排除是連續殺人犯所為。」

他說：「三案的犯罪現場都是第一現場，也是他們平時活動的範疇，是屬『地域型』的犯罪。在固定地區犯案——如夜店、酒吧等酒鬼、毒蟲出沒的場所——一般是有預謀的，而且三人都有令人得而誅之的行為。

「沈曼莉的案子則是屬『固定型』的犯罪，可能是被強迫或被引誘到凶手家裡下手殺害再分屍。我覺得可以從這差異性著手深入調查，不會無緣無故與其他案件不同，而且唯有沈曼莉被分屍，她又沒有該死的特殊罪行，也許純粹是與凶手的個人恩怨及地緣有關。」

高子俊最後宣布，第三分隊及緝毒組也加入成立的專案聯合偵查。偵一隊第三分隊負責沈曼莉的案子，孫幗芳的分隊負責三案的聯合偵辦，並由偵二隊第六分隊支援。

26

十二月十一日　星期二

杜至勳下班時順道買了一束花回來，特意向孫幗芳賠罪。「好香啊！妳在煮什麼？」他一進門就聞到她在廚房裡忙碌傳來的香味。

「花送妳，我生日那天讓妳受委屈了。」說著嘴就親過來，孫幗芳也沒有刻意迴避。

「哎唷，真難得啊！你這不解風情的呆頭鵝竟然會買花獻殷勤？」她戲謔的眼神閃爍著一絲促狹。

「頑石都可以點頭了，呆頭鵝當然會解風情囉！」他露出百萬伏特的笑容。

「晚餐是燉肉燥加餛飩麵。你又沒說你要回來，先把衣服換掉，洗洗手臉。我再多下點麵條和蔬菜就可以準備吃了。」

爐子上一鍋炒好的肉醬正慢火燉熬著，肉醬裡還有辣椒碎末，紅豔豔的煞是好看。「原來是這鍋肉燥的香氣啊？我還以為妳擦了香水哩？」他伸手從她背後環抱，聞了聞她的脖子。

「怎麼？黃臉婆已經不香了？」兩人打情罵俏起來，從她眼裡可看到笑意。

「香！當然香！碗盤留給我洗喔。」杜至勳難得主動說要洗碗。

杜至勳生日那天的嫌隙就在一頓簡單的餛飩麵中盡釋前嫌了。

每次只要他放下身段來認錯，說好聽的話哄她，她就會選擇原諒，幾乎屢試不爽，她也氣自己為何如此不爭氣。

杜至勳從浴室出來時，孫幗芳也把波妮餵飽了，看著波妮正瞪著雙眼，既好奇又躡手躡腳的撥弄著孫幗芳買給牠的小玩具。

「小笨蛋！」她嗔了一聲。

「妳在說我嗎？」杜至勳依偎了過來，嘴一寸寸地親著她的脖子、耳根、臉頰，手也不安分地在她身上游移著。

孫幗芳熱情的回應他的舔舐，喘息聲燥熱而斷斷續續，胃裡一陣騷動，感覺整顆心好像被推到了喉頭。

杜至勳把她打橫抱起，輕輕往床上一放，整個人就欺了上來。他輕撫著她的臉，四片嘴唇狂熱互吻、探索著，她強烈的感覺到他壓抑許久的精力想要得到釋放，想要佔有她。

「芳！」他輕喚著她。

兩人的肢體交纏，發軟、發麻。

一旁的波妮兀自玩著牠的玩具，彷彿一切都與牠無關。

手機響起《Havana》前奏音樂，孫幗芳看了一眼來電顯示，接了起來。

「有眉目了！」電話那頭是高子俊興奮又疲累的聲音。

陷入瓶頸的案情終於撥雲見日，浮現出一線曙光。

十二月十四日　星期五

「您好，我是孫幗芳分隊長的同事，我叫程灝。」響了幾聲的門鈴後，門被打開了幾吋。門扣後面是張俊俏白皙的臉，和孫幗芳儼然就是一對璧人。程灝心裡不禁升起一股妒意，他看著眼前這個斯文帥氣的男人，竟覺得有點自慚形穢。

「分隊長有份卷宗忘了放在你們家裡，她正在開會走不開，又急著待會會議上報告要用，我曾來過貴府，她知道您現在應該在家，要我過來帶過去。」說著說著，程灝就遞出警證給杜至勳看，「這是我的證件，您可以打電話給分隊長求證。」

杜至勳仔細瞧著程灝的警證，他曾經看過孫幗芳的，看來是沒錯，便不疑有他，連電話都懶得打了，還咕噥的抱歉著說：「她呀，記性是越來越差了，還要麻煩你跑這一趟。」他邊說邊打開門鏈鎖讓程灝進來。

茶几上有好幾份卷宗，他從中拿起一份卷宗轉頭對程灝說：「昨天我有看到她在看這一份，不知道是不是這一份？」然而一轉身，面對的是一支對著他胸口的槍。

杜至勳萬萬沒想到會引狼入室，也訝異對方究竟有何目的。

「你……，你不是孫幗芳的同事！」

「這你不用管，現在照著我的話做！」對方用威脅的口吻命令他，手槍在他面前一幌一幌的。

杜至勳這輩子還沒讓人這樣用槍指著，他面如死灰，害怕極了，但生死攸關之際，只能先聽命於事。

各種想法在腦袋裡橫衝直撞，就像遇上交通號誌故障，亂了章法，打了結。

程灝這幾天直覺苗頭有點不對，他嗅到一股被獵殺的味道正往他這頭襲來。

最近幾次會議刻意不讓他參加，孫幗芳對他也是若即若離的，似乎在躲著他，大家瞧他的眼神也充滿了異樣。難不成事跡敗露了？

他逮到杜至勳此時下班在家，而孫幗芳一夥人正在開會的時機點潛入孫幗芳家擄人。

他想，該是做個了斷的時候了。

他要杜至勳寫張紙條給孫幗芳：

Baby：

這幾天公司臨時派我到大陸出差，有個重要客戶必須抓住，這個case若談成，我們立刻就結婚。愛你！

杜至勳

❦ ❦ ❦

偵二隊的菜鳥偵查佐柳毓仁奉指示追查與林清源、沈曼莉、何諺國任何有關的線索，歪打正著地在國家圖書館的『線上報紙資料庫』被他找到十幾年前林清源曾酒駕撞死人，並以兩百萬和受害者家屬達成和解的新聞。

死者叫程秉揚，報社有刊登一張當年在醫院急診室偷拍的照片。照片右上方是一隻醫師阻擋鏡頭的大手，左下方躺在急診床的是程秉揚，旁邊一位小男孩剛好一臉無辜的望向鏡頭，但眼神令人不寒而慄。

他再去戶政事務所調閱資料，得知程秉揚的妻子後來改嫁給一個退伍的士官長，但沒幾年就病逝了。女兒叫程景鳳，兒子叫程景人，當年一個17歲，一個14歲。程景鳳目前沒有確切的戶籍資料，可能已經移居或嫁到國外去了，可以的話，他會去出入境管理局查她的出入境資料。至於程景人，則於24歲時改名叫程灝，那一年他正在擔任行政警察。

程景人國中畢業後被繼父送去讀高職，唸了四年才畢業。考進警專行政警察科第一年，繼父就中風住進療養院，幾個月前去世了。他在警專時，除了自我防衛心重、有點桀驁不馴外，還不至於無法適應警校規律的生活，漸漸地也交到幾個好朋友，不會被同儕排擠，也沒有不受教、不合群的脫序行為或暴力傾向。除了一件事，……

27

「把手機電池拆掉，和整理的隨身衣物都丟到後車廂內！」他命令道。

程灝讓杜至勳開車，他則坐在後車座，手槍抵著駕駛座椅背。

杜至勳從後照鏡看不到是否真的有隻槍抵在背後，他想過一路上閃警示燈、鳴按喇叭，甚至撞電線杆，但攸關性命安危，姑且見機行事。

「把GPS關掉，照我的指示路線走，一路上不要給我耍花樣。」他似乎看透了杜至勳的心思。

兩人一路由市區向省道20線開去，經過45K處右轉，進入一個小村落，一路上沒多少車頭燈照到他們的後視鏡，杜至勳印象中未曾到過這裡，也沒心思看開了多久。夜色很快就籠罩了整個大地，十二月的夜晚透露著些許的沁涼。

他們越開越見人煙稀少，顯然已遠離了市區的喧囂，只有一條街道上偶有幾戶人家從窗戶透出電視的聲音和光影。再往前開則是一條產業道路，一邊是整片靜謐無聲的農地，另一邊則是農地夾雜著錯落的房屋和農舍，他們的車子就是唯一的交通流量。

車子轉進一條小徑，停在一棵隱密的茄苳樹樹下。

下車後，兩人一前一後沿著整片農地旁邊的田埂蹣跚而行，經過的農地有的乏人照料，草木都萎靡頹敗了，有人照顧的農地則果實纍纍，欣欣向榮，呈現枯與榮兩番情景。

兩人一路走到一塊幾近被雜草淹沒的農地前才停下腳步，放眼四下幾乎是半人高的雜草，原本的泥土地小徑都被雜草遮蔽取代了。乾枯的果樹佈滿了藤蔓，在夜光照映下，竟覺得有點陰森。

杜至勳在前頭被推著走，一步一步巍巍顫顫地踩在崎嶇不平的雜草上，實在是躓踣難行。一路上程灝顯得熟門熟路的，槍倒是未曾離開過杜至勳半尺遠，人在屋簷下不得不低頭，也只能乖乖地照著程灝的口令往東或往西走，不敢有任何造次。

陣陣晚風吹過草叢，發出窸窸窣窣的聲音，想都不敢想草叢裡會不會突如其來冒出毒蛇來被咬一口。偶有夜梟或不知哪種鳥類啾囀的聲音傳來，種種恐懼與驚慌如海嘯般向杜至勳奔湧而至，腦袋卻是一片空白。

約莫走了二十分鐘時間，前方驟然出現一間鐵皮屋，杜至勳看不出那是什麼功能的房子。

程灝拿出一把鑰匙要杜至勳把門打開，生鏽的掛鎖似乎被鐵鏽鎖死了，他試了良久才總算打開了鎖。程灝粗魯的把杜至勳往內推，一股黴濁之氣撲鼻而來，滿屋子充斥著灰塵與霉味，杜至勳嗆得咳了好幾聲。

趁著程灝關門時，杜至勳鼓起全身力氣，一個箭步就往他一撲，欺身擒抱，想把他摔倒於地。

程灝的左手肘適時抬起，猛地往後撞上杜至勳的胸骨，杜至勳感到一陣劇痛傳遍全身，好像肺裡的每一絲空氣都被掏空了，同時往後跌撞在地，摔得七葷八素。許是辦公室坐久了，連使出制敵的力氣也力不從心了。

杜至勳爬了起來，氣喘吁吁的，眼裡幾乎要噴出火來。他再次鼓起全身力氣奮力一搏，往前衝向程灝。程灝不費吹灰之力，一個輕描淡寫的跨跳，就躲過他的衝撞，他重心不穩，踉蹌地往前匐倒。

程灝火氣上來了，一腳踹上他的背部，將他強壓在地，左手將他的右手往後扭轉再向上一拉，右手將手肘順勢一帶，只聽得輕微的「喀擦」一聲。

一陣劇痛痛徹杜至勳心扉，額頭上盡是斗大的汗珠，他強忍著不願叫出來。

「憑你這點縛雞之力還想做困獸之鬥？這是你自討苦吃！」語音一落，就用槍托往杜至勳頭上一擊。

ᘓ ᘓ ᘓ

坐在柳毓仁對面的是警察專科學校的輔導組長，一副精明幹練、能言善道的樣子，正翻著程景人的輔導本。

「還記得『賴氏人格測驗』[22]吧，你們都填寫過的？」陶組長透過老花眼鏡，看著柳毓仁說。

「記得，每個學員都要填的。」柳毓仁恭謹的回答。雖然畢業了，回來探望老師還是要中規中矩的。「好像是有14個量表，分成四項人格要素，再加上最後的誠實量表。我記得我是C型人格，內向、情緒穩定、心理健康、社會適應良好。」

「這個程景人，喔，你剛才說他改名字了，他的測驗有兩份。」

「喔，為什麼？」

「他第一份測驗結果是F型，也就是『疑問型』，顯見測驗當下他不是刻意亂答就是不認真作答，讓他重測後結果是E型。」

「表示他……？」

「內向不好動、情緒不穩定、心理健康不佳、社會適應也不佳。第一學期他的表現是滿符合測驗的類型的，經過輔導後……，」

「不好意思，組長，會不會是與他小時候到進入警專前的遭遇有關？」柳毓仁臉上堆滿歉意的插話。

「的確是，所以他常被叫到輔導中心接受輔導。你看，這輔導本厚不厚？經過半年的輔導後，他的情緒、心理健康、適應力都有改善，但還是發生了一件憾事。」

---

[22] 提供受測者客觀資料來了解自己的4項性格特質：內向或外向、社會生活適應能力、情緒穩定性及心理健康狀況的心理測驗。

「歸咎到底，學校也有責任，」陶組長語重心長地說，「有一天，一個叫李文軒的學長在程灝洗澡時企圖對他做出猥褻的行為，程灝抓狂似的反擊，把李文軒打得頭破血流，幸好被及時制止才沒有釀成大禍。」

「怎麼會有這種事發生？」

「有學員出面指證，李文軒曾私下對人說，程灝這學弟對學長沒半點尊敬、長得一副娘娘腔又欠揍的模樣、哪一天要給他好看……之類的話。」

「李文軒一定是極力否認吧？」

「事實就擺在眼前，況且事發當下也有目擊證人證明是李文軒主動挑釁的。不久李文軒就以霸凌學弟的名義被退學，程灝則算是正當防衛的反擊。」

「後來呢？」

「後來程灝的紀錄上都表現得很良好，」陶組長繼續翻著輔導本，「功課也保持在前十名。在學期間也有交往過一個女友——是低一屆的學妹——可惜學妹移情別戀了。他是消沈了一陣子，但沒發生異於尋常的舉動。」

ဗ ဗ ဗ

杜至勳慢慢甦醒過來，睜開雙眼，只見室內一片漆黑，只有聊勝於無的慘澹夜光稍稍滲入室內，寂靜無聲，他隱約可聽得到窗外的蛙鳴聲以及遠方狗吠的聲音此起彼落。

但這份寂靜令他感到不安。

他試圖站起來，發覺被綁在一張有點傾圮的椅子上，雙手被膠帶纏繞在椅背後，雙腳則是緊緊得纏綁在椅腳上。

他晃動了幾下身體，幾乎動彈不得，只有空著的後椅腳動了幾下。他覺得背部及頭部都隱隱作痛，右肩胛骨更是疼痛難耐。陡然想起那個自稱幗芳同事的男子好像拿什麼東西往他頭上一敲擊，瞬間疼痛感襲來，就失去知覺了。

「有人嗎？有人在嗎？」他張嘴呼叫，只有乾澀的回音迴盪在小小的斗室裡。他不知身陷何處，現在是何時，只覺得口乾舌燥，全身又精疲力竭。

突然「啪」一聲，天花板上的白晝色燈管閃爍了幾下才全然亮了起來，他努力眨著眼，從暗視覺到明視覺，一個全然陌生的地方映入眼簾。

一間不算農舍的小置物室。

他四下打量，牆面灰色水泥剝落處佈滿著綠色苔蘚及黑色汙漬，窗戶都濛上厚厚一層灰，灰濛濛的窗戶外面——在他開鎖時有看見——是也許徒手一扳就可扳斷的生鏽鐵窗。有扇窗戶可能是破了一角，已被瓦楞紙遮住。地上則滿是灰塵，處處污穢不堪，看來這間破敗的置物室已被荒廢許久了。

屋子一邊的角落擺放著生了鏽斑的鐵扒、鐵鍬、修理農具的工具、幾把破椅子、空的農藥罐、缺了角的花盆、沒有栽種的乾癟球莖，幾包不知名的種子則堆置在另一角落。還有一桶瓦斯桶，原本噴在上頭的字已模糊脫落，幸好尚未開啟，因為他沒聞到絲毫的瓦斯味。

程灝拿著一瓶礦泉水和兩個麵包進來，順手搬了一把破椅子就在杜至勳面前坐了下來，他拿出一個波蘿麵包往杜至勳嘴裡塞。

杜至勳早已餓得飢腸轆轆了，這口麵包不啻人間美味，再也顧不得形象大口大口就吞嚼起來。他抬頭望向程灝，程灝也很有默契的餵水給他喝。

兩人都不發一語。

麵包和礦泉水被杜至勳一掃而光後，他正待要開口，程灝一個起身，將空的瓶子和紙袋一把抓起，燈一關，揚長而去，留下百思不解的杜至勳。

「不要走！」他急得大吼一聲：「我要尿尿！」

片刻時間後，程灝手上拿個生鏽的小鐵罐，再次走進來。

「我不會幫你解開雙手的膠帶，」他語調冰冷得像石頭一樣，「要嘛直接尿在褲子上，要嘛我把你褲子脫掉，你就尿在鐵罐子裡。」

「這樣我怎麼尿？」

「腳尖一蹬不就可以了？」

「拜託，你要脫我褲子？」在這節骨眼上杜至勳還在耍少爺性子。

「怎麼？寧可憋尿不可辱？」

28

十二月十七日　星期一

杜至勳和程灝同時失去行蹤已三天了，孫幗芳急得如熱鍋上的螞蟻。

如果這幾件兇殺案真是程灝犯下的案子，她不敢想像杜至勳若落入他手裡，下場會是什麼，難道之前的夢饜是個徵兆？

向法院聲請的搜索票下來後，孫幗芳會同勤區員警及鑑識小組的鍾晉文即刻去程灝家裡進行搜索。

程灝家對門一位身材微胖的女士見此陣仗，尖銳著聲調不斷詢問：程灝到底發生什麼事了？他已經好幾天沒回家了，他是不是犯了什麼罪？天哪！他是那麼乖的孩子，你們是不是搞錯了？你們……。

孫幗芳回給她一個嚴峻的眼神，並以一種不可侵犯的權威口吻對她說：「閉嘴！」

老式的制式公寓公設比低，除樓梯間外再也沒有電梯、中庭等公共設施，三十多坪的空間都是搜索的範圍。

玄關有座鞋櫃，鞋子不多，都是男性的鞋子。

客廳的牆上有一座已停擺的掛鐘，掛鐘下面是台半新不舊的液晶電視，擺放在一個電視架上。再者，除了一組舊沙發和茶几桌外就沒別的傢俱。

廚房以一道塑膠拉門和客廳隔開，一台老舊冰箱裏頭只有飲料和冷凍的微波食品，碗盤收拾得很整潔，看不出有開伙的跡象。

面向客廳有間客浴，洗手台上沒有擺放任何盥洗用具，毛巾架上空空如也。

兩間小間的、六坪左右的女兒房都只擺著一張便宜的沙發床，床上罩著簡單印花圖案的床單，連個梳妝台都沒有，感覺若是睡在這裡的人也只是個過客，住個一晚，明天一早就會離開。

最大一間主臥室的陳設也很精簡，一張雙人床上鋪著白色床單，上頭有個枕頭，床上該有的被褥收放在一座老式的衣櫥內。衣櫥裡除了幾套制服外，就只有一般居家休閒服及運動T恤，內衣褲和襪子摺疊得整整齊齊的放在下層抽屜裡。

除此之外就是一張擺著一台桌上型電腦、24吋螢幕和一對喇叭的書桌，這間應該就是程灝的房間了。

關機的電腦螢幕上貼著多張便利貼：

——今天在Discovery看到埃及拉美西斯二世對他的妻子妮菲塔莉愛的宣言：她只是走過我的身邊，就偷走了我的心／因為有妳，朝陽日日東昇。這也正是我要向妳表達的愛慕之意，可惜我開不了口，妳是只可遠觀不可褻玩的謬斯女神。

——有妳的友誼　是我的福氣。

——情緒總是被各種　恐懼

哀傷

憤怒

給麻木，多層次地糾纏。

——尼采說過，當你凝視深淵時，深淵也在凝視你。最近總是無法入眠，每當要睡著，就覺得要掉進永無止境的深淵。

——這世上不公不義的事太多。死（殺）幾個算幾個。讓作奸犯科的人知道，逃得了法律制裁，但逃不過正義的張顯。

——私刑正義會如影隨形跟著你。

——近來失眠狀況一日甚於一日。

此外還有三幀裱了框的照片。

左邊一張是程灝的獨照。

背景是一片湛藍的海面，他剪了個短短的平頭，露出牙齒微笑，裸著曬黑的上半身，看得出是在墾丁沙灘上曬了一整天的成果。右側腰部刺著半顆心、裡面有個看起來是「te」兩字的刺青，後面的字及半顆心則在側面沒照到，與孫幗芳在健身房無意間瞧見程灝撩起衣服擦汗所看到的刺青樣式很像。

中間那張應該是四個人的全家福照。

他在照片的最左邊，左手搭著一位年紀較大的男性肩膀，是青澀稚嫩的國中時期拍的吧。男子約莫四十歲上下，只是臉上多了些滄桑。另兩位則彷彿是同一個模子印出來的，一看就知道是對母女。女兒誇張的嘟著嘴，表情很豐富，母親則似乎面對鏡頭有些靦腆，但四個人都對著鏡頭凝睇粲笑，沉浸在幸福的氛圍中。

另一張是他吃牛排的照片。

理著三分頭、身穿印有Under Armour logo的T恤、手上拿著牛排刀和叉子做切肉狀，還露出稚氣的笑容，也許是讀高職或警專時拍的。有人說，從照片中一個人的眼神可以看出他的心情是陽光的還是陰鬱的，是充滿幸福還是懣怨的，但這一張怎麼看也看不出當下他的心理層面。

太乾淨了，房間裡每樣東西都擺設得整整齊齊、有條不紊的，各種物品擺放得錯落有致，乍看之下，沒有辦案的剪報；沒有被害人的照片；沒有作案的刀子或電鋸、繩索、膠帶，也沒有時鐘或月曆，會讓人以為他住的是展售屋。

「鞋櫃裡有幾雙41號半運動鞋，」鍾晉文檢查完擺在玄關鞋櫃裡的鞋子後說，「其中一雙正是adidas的UltraBoost慢跑鞋，右後腳跟有稍微磨損，清洗得很乾淨，沒有血跡反應。」

「在上鎖的抽屜裡層有個餅乾盒，裡面有一只戒指、乳環，一個平安符、佛珠手環，一張器捐卡及一支鑰匙。」他持續說著新發現的好消息。

孫幗芳試著用那支鑰匙開啟上鎖的櫃子，卻沒有吻合的鎖頭或鎖孔可被打開。

鍾晉文再把所有上鎖的鎖打開後，沒有再發現到重要或可疑的跡證與物證。

「有沒有找到做案工具？」孫幗芳問。

「在廚房流理台下面的櫃子找到一台電動圓鋸，但已被清理得宛如新買的，驗不出血跡或骨屑、指紋。」

但種種跡證都指向程灝涉嫌的程度頗大。

鍾晉文把光敏靈[23]噴在衛浴間的牆壁、地板、浴缸、洗手台、水管，發現地板縫隙有藍光反應，可惜大部分是漂白劑產生的光。

「有了！」鍾晉文高聲呼叫。

孫幗芳急忙放下手邊工作，循聲跑到主臥室。

「妳看，洗手台與水管的接縫處這裡。」

「啊，這裡有微量的藍光反應，而且是潛血反應哪！」

鍾晉文士氣大振，決定把水管敲開試試運氣，結果找到些微的骨屑卡在下方的U型管處。

「帶回去檢驗是不是沈曼莉的？」鍾晉文把骨屑放入證物袋後，孫幗芳這麼說。

---

23 光敏靈（Luminol）或稱魯米諾、發光胺，是通用的發光化學試劑，犯罪現場的微量血跡即使清洗或擦拭過，血中的鐵仍會激發光敏靈的發光反應，產生藍色光芒。

「我跟蹤你一陣子了，幾週前發現你和一名長髮、面貌姣好的女子一起看電影，散場後還去吃飯。你對得起分隊長嗎？」程灝一開口就怒火中燒，陰鷙寫在臉上。

程灝再度帶來一些水及口糧餅乾，但並未直接給杜至勳吃，而是先問了他這些話。

「那是我同事。」杜至勳沙啞著嗓音回答，雙腿緊緊的夾著下體。

「同事好到這種程度？」

「最近一個案子承蒙她大力幫忙，講好要答謝她的，她剛好有空。」他急忙解釋。

「分隊長知道嗎？」

「在公事上我沒必要凡事都跟她報備，況且我們清清白白，沒什麼曖昧事好愧疚的。」

「可是我看妳們互動很親蜜，不像只是一般同事這麼單純。」程灝口氣有點軟化。

「我可以發誓，我對她沒有一絲情愫！」

「那麼跟你一同上摩鐵那位你怎麼解釋？」程灝不動聲色地提出讓杜至勳百口莫辯的問題。

「是……是我妹妹介紹認識的，只是……只是互相取暖的。」杜至勳鐵青的臉色上同時籠上一層霜，吐出的每個字都像打了結。

「互相取暖的？你把女人當成玩物嗎？還是某人的替代品？你也是人渣一個！」程灝用鼻音哼著，火冒三丈，一臉不屑的表情瞪著杜至勳，好像他是一隻趕不走的蒼蠅。

杜至勳頭低低的，不知是愧疚難當，還是覺得詞窮理屈？

程灝憋不住的冷笑，忿忿不平地說：「這應該只是冰山一角吧？恐怕還有很多沒浮出水面而已。你會偷吃又不會抹嘴巴，吃相太難看了！」

頓了會，他以不帶半點波瀾的的聲音厲聲喝道：「哼，我最痛恨背叛的人了。」一怒之下，他把帶來的水及口糧餅乾往地上一甩，灑了一地。

杜至勳的情緒也在崩潰邊緣了。

29

十二月十七日　星期一

「張教授，他怎麼進得了警校的？老師、同學怎麼都沒發現他的問題？連我們共事至今，也都想不到、摸不透他內心是怎麼想的？」孫幗芳特地到T大心理系辦公室請教張育群教授，劈頭就問了一堆問題。

她先將程灝及幾件專案的來龍去脈解說得巨細靡遺，但一想到凶手就在身邊，一起談笑風生的討論案情，全身就起雞皮疙瘩。

「他進入警校時才高職畢業，不管是偏執症、妄想症、強迫症、精神分裂症什麼的一定還沒顯現出來。」張教授喝了一口茶。

「您是說兩年的警校應該有什麼事發生，開啟了他潛伏在內心的人格特質？」

「妳可以從警校著手調查，順便拜訪他國中及高職的老師。」

「那些人格特質？」

「反社會人格、邊緣人格、建構式人格等等，其實都類似。」

「很多小說不是常把殺人犯、性侵犯、縱火犯描述成小時候就有偷窺、縱火、虐待動物、對同儕施暴的行為嗎？」

「唉，這種人格有的是與生俱來，有的是童年或青春期有某個觸發事件造成自卑、易怒、衝動、情緒管理不佳、有暴力傾向、價值觀偏差、缺乏人際關係……林林總總的性格。」

孫幗芳試著反覆咀嚼張教授話裡的意思。

「當他們為滿足某種被壓抑的慾望時就可能鋌而走險，藉由毀滅的力量來宣洩情緒、壓力、憤怒等負面心理。」

「跟家庭、學校、社會有關嗎？」

「家庭的忽視或縱容、家庭結構不健全、遭學校老師排斥、同儕霸凌、憂鬱或過動、長期失業、對社會失望充滿敵意、濫用酒精毒品造成思覺失調的人等等的都屬於這種高危險群。我說的聽得懂嗎？」

孫幗芳微微點了點頭。

「教授，把情緒隱瞞得很好的人又怎麼說？」

「可能都有一點上述的特質吧。能控制自己的幻聽又不會被周遭的人知道；會妄想各種情境卻能控制自如；強迫自己在群體中保持中立緘默。」

張教授過了一會才嘆了口氣，悠悠的說：「總之啊，心理學這門學問不是放諸四海皆準的。凶手若只是個精神病，像有幻聽啦、撒旦的崇拜者之類的，威脅性倒還小；若是清醒得不得了，反而令人難以捉摸。」

「可治癒得好嗎？」

「就像某些無法治癒的遺傳疾病或罕見的症候群，只能尋求痛苦的緩減——靠著殺人、性侵、縱火來宣洩。」

「一想到凶手就在身邊和你一起研究屍體，對著屍骸品頭論足，心裡就直發毛，感覺是在陪他重溫殺人的快感。」孫幗芳說著說著，感到一種詭譎的念頭想蟒蛇一樣纏著她不放——現實與荒謬只有一線之隔。

張教授拿起眼鏡，在鏡片上呵了幾口氣，很隨興地抓起衣角就擦拭起來。「我們都知道，只為滿足個人內心的公平正義而自己動用私刑是不被法律允許的，這就涉及到《刑法》剝奪他人行動自由、傷害、強制等罪嫌，若致人重傷、死亡，可判處三年以上至無期徒刑。

「他應該有『應報主義』的思維，也就是說，他認為因果報應是自然的理性，懲治他們的理由僅是犯罪該得的應報。套句白話說，就是『以眼還眼，以牙還牙』。」

ঔ ঔ ঔ

明明坐在同一辦公室，彼此的距離卻感覺在不同空間如此遙遠，自以為了解某個人，最後才發覺對他一無所知。

十二月十八日　星期二

「有什麼進展？」問話的是高子俊，對面坐的是一臉擔憂的孫幗芳和王崧驊及甄學恩。

「見鬼了，不就兩個人嘛，F市又這麼丁點大，難不成要跨縣市搜索？」甄學恩發牢騷似的說著。

程灝和杜至勳的行蹤至目前為止毫無斬獲，大夥搜找過程灝被破解密碼的電腦，裡頭除了基本作業系統、office、防毒軟體外，就只有幾款電玩遊戲——「魔獸獵人世界」、「七龍珠FighterZ」及「極限競速：地平線」。D槽也乾乾淨淨的，有如被重灌過一般，瀏覽器瀏覽過的網頁紀錄也全被清除了。

「是呀，你們說說看，戒指、乳環、平安符、佛珠手環都拿去給被害者家屬確認了，就剩這支鑰匙，是怎麼了？」甄學恩指著餅乾盒裡的那支鑰匙說。

一直找不到搭配它的鎖頭或鎖孔的鑰匙，委實讓人想破了頭還是摸不著頭緒，想不出會是哪裡的鑰匙。

此時孫幗芳乍然靈光一現，說：「會不會是銀行保管箱的鑰匙？」

「對喔，可能性很高。」

「我也同意。」

大家一致同意後，就由王崧驊經由法院向各金融機關查詢，果然查到程灝確實在某家銀行承租了一個保管箱。再緊急行文聲請假扣押查封、強制開啟保管箱，赫然有一支厚度0.54公分，長

42.5公分的藍波刀躺在保管箱內。

此外還各有兩張土地和房屋的權狀。其中一份土地和房屋權狀的地址正是程灝居住的地方，所有權人登記的也是程灝。另一份土地和房屋權狀所有權人登記的則是田廷春，土地位於建平區佐庄仔段600-2號，是塊農耕地，房屋則有明確地址。

經區公所提供的戶籍資料顯示，田廷春已歿多年，雖然與程灝是否有關係並未列在上面，但田廷春的女兒田秀梅出嫁後即移出戶口，而田秀梅正是程灝的母親。

哈，最後一塊拼圖湊齊了。

從Google的衛星空照圖可看到佐庄仔段600-2號的農地上有一間小房子的樣貌，程灝外公的房子則類似四合院的小院落，前面是一小片竹林及一座已看不到雞隻的破落雞舍，後面則是一片樹林，離馬路有二十多公尺距離，地勢有點陡峭。農地則距離房子約有五、六百公尺之遠，平時耕作騎個車就到了。

這都是上一代遺留下來的，他的女兒死得比他早，膝下又無其他子女，程灝和他姊姊就是法定繼承人。自從他去世後，土地和房屋權狀一直未辦過戶，而農地的位置與胡姓地主——也就是沈曼莉被棄屍的農地只隔了三塊農地之遠，從他外公的農地走到沈曼莉被棄屍地點只要十來分鐘，從地籍圖謄本可大致看出端倪。

大家一時喜形於色，看來證據確鑿，凶手是誰已無庸置疑了，希望案情就此真相大白。

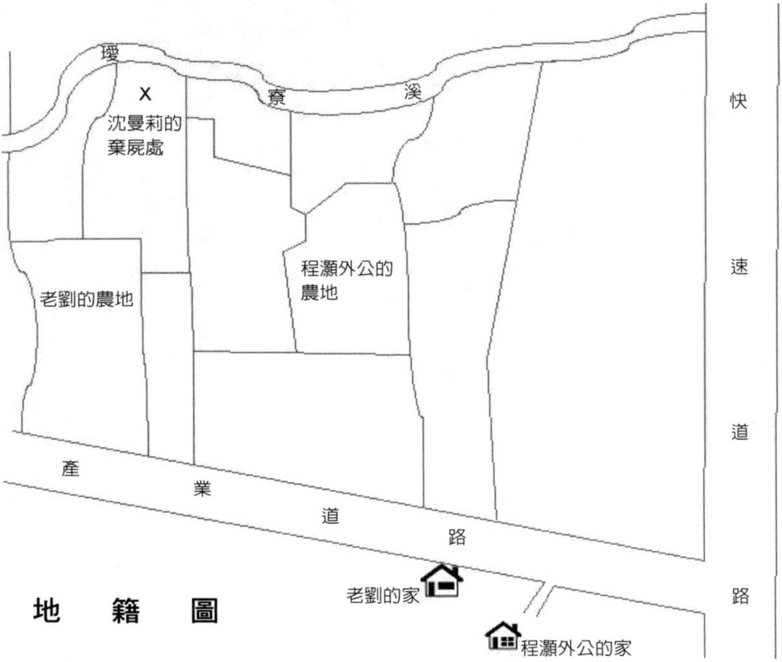
璦
寮
溪
X
沈曼莉的
棄屍處
程灝外公的
農地
老劉的農地
快
速
道
路
產
業
道
路
老劉的家
程灝外公的家
地 籍 圖

30

假民調、假新聞、假議題、假粉絲滿天飛。

這陣子政治人物忙著當起網紅，扮跳樑小丑在臉書和Instagram開直播、打卡，一個比一個尷尬，只為了拚10萬的訂閱率、比觀看人數、比按讚次數、比追蹤人數。

有些網紅罵得越兇、越搞怪、越有話題就越有點閱率。於是翻個白眼，隔天就被冠上新一代女神封號；露個乳溝，G罩杯艷后馬上被H罩杯取代；刻意流出不雅影片，媒體和粉絲立刻為之瘋狂。

兩黨總統候選人的產生也起了微妙變化。

號稱最團結的政黨有了堅持走完初選制度的第二位候選人，另一黨則為了一位民調高卻不想參加初選，又說願意被動配合黨所有制度的人搞不定初選制度。表面上是公平競爭，實則是暗潮洶湧。

曾志良的案子早就被上層視如敝屣，不值一哂了，但對高子俊而言，仍是一塊放不下的大石頭。

社會上照樣有人酒駕、虐童，照樣性侵、吸毒，照樣聚毆、勒索；工會照樣抗爭、罷工；店家照樣歇業、另起爐灶；無良老闆照樣無預警支遣員工、捲款而逃。還有，給再多錢的邦交國照樣跟你說斷交就斷交。

政府也照樣歌功頌德、誇耀政績。

某電視台或某報社若支持某特定的候選人，就可以幫他大吹大擂，恨不得把對手打成落水狗，再以造假的最高民調把他或她捧成神。口號一個比一個響亮——接地氣、發大財、看見未來的價值、改變持續在發生，而愚蠢的鄉民就愛吃這一套，於是×神、×流、×粉、×黑紛紛崛起。政治人物口中的「誠信」，對庶民而言無異是地上的狗屎——臭不可（聽）聞。

立法院兩黨照樣惡鬥，霸佔主席台、搶麥克風、灑麵粉、丟水球、三秒膠封門……各種杯葛的惡行惡狀都堪為民主最佳典範啊。下了檯面，口條好的委員繼續上遍各台政論節目賺外快，替自己拉抬聲勢，順便賣賣農產品、作作秀。沒法露臉的就在臉書發文抒發意見，痛罵對手，再通知記者來截圖，複製、貼上其中一段就成了一篇報導。

至於語不驚人死不休、夸夸而談的言論，像不入流的「政治姦夫淫婦」，大概一兩天就消聲匿跡了。

十二月二十日　星期四

專案會議上，高子俊背後投射的是一張放大的地籍圖，他們正在做沙盤推演。

「我不打算找霹靂小組來支援，沒必要搞這麼大，找分局的員警應該夠了。妳覺得如何？」高子俊望向愁眉不展的孫幗芳說。

孫幗芳回答：「一切以人質安全為優先考量，逮捕歹徒為其次，你們認為如何？」她已直接用歹徒代替程灝了。

「整片農地和農舍看來沒有制高點可以監視。王崧驊，你先和發現沈曼莉屍骸的老劉聯絡，請他提供他們那區塊的農地有多少是荒廢的？容易躲藏、遁逃的？地形為何？平的？崎嶇難行的？雜草叢生的？亦或林木茂密的？」高子俊開始下達指示。

「若從瑷寮溪後方或快速道路竄逃，機率有多高？從程灝外公的農舍後方樹林呢？這幾處看來是程灝最佳的逃亡路線。我會讓分局的員警扼守在這幾個方位，」他邊說邊在地籍圖上圈點著，「儘量擴大封鎖圈。若有兩道防線最好了，那裡畢竟是程灝的地盤，他對地形應該瞭若指掌，就像魚游入大海般得心應手。」

「隊長，防彈盾和催淚彈、夜視鏡要不要準備？」甄學恩發問。

「他手上有人質又有槍，雖然不知道他還有沒有其他強大的火力，需假設發生駁火的情況無法避免，該準備的都不要漏掉。記住，我們以保護人質安全為第一要務。」

當天傍晚，高子俊特地徵調偵一隊第三分隊和偵三隊數名菁英向程灝外公的農舍發動攻堅。為避免被躲在屋子裡面的程灝發現，他們一組穿過竹林，一組從屋後的樹林包夾過來。

大門進去是類似佛堂的主廳，左邊有一間臥室，旁邊隔著廚房，右邊也有一間臥室及衛浴間。當警力步步逼近後，竟然撲了空，裡面毫無兩人的任何蹤影。

計畫B啟動！

王崧驊右手握在槍把上，秉住氣息，蹲低身子緊挨著鐵皮屋，腳一步一步穩健的邁出。一盞沒多少燭光的日光燈一明一滅地閃著，照映著兩個鬼魅般的人影。他再仔細一瞧，看到的是一個雙手朝上比畫著的背影，與程灝有幾分相似，可惜沒看到正面。另一個則是被綁在椅子上，呆若木雞的看著面對他的人。

他悄悄地退回去，回報觀察的結果。

高子俊將警力大致分配妥當，估計置物室四周都滴水不露後，下令開啟探照燈。

他拿起大聲公，對著置物室裡面的人喊話：「程灝，你已經被包圍了，把人質放了，出來投降！」

程灝一聲不吭，似乎老神在在。

雙方對峙了良久，礙於人質在他手上，不敢用催淚彈展開攻勢，王崧驊則緊張得直跺腳。

「要發動突擊嗎？」甄學恩有點按捺不住。

「讓我進去和他談判吧。」孫幗芳挺身而出。

高子俊再度拿起大聲公：「程灝，你不要做傻事，像個男子漢出來面對！」

大約過了一盞茶時間，程灝才打開一條門縫吼著說：「讓分隊長一個人進來，不准帶武器！」

雖然正如孫幗芳所想，但高子俊不放心讓她一個人進去。她向他使了一個眼色，要他放心，便把腰間的瓦爾特PPQ M2槍套解鎖交給高子俊。

「穿上防彈背心再進去吧。」高子俊苦澀的說。

ც ც ც

空氣中瀰漫著些微的瓦斯味，還有的是令她恐懼的氣味——他正用槍抵著杜至勳的頭——讓她不敢輕舉妄動。她看著杜至勳褲子褪到一半的狼狽樣，不禁對程灝感到怒不可遏。

杜至勳原本看到孫幗芳進來是喜不自勝的，但想到現在這副模樣，隨即漲紅了臉，再也抬不起頭來與她對望。

一種說不出的情緒在心裡暗潮洶湧著，理智和情感在孫幗芳心中形成一條拉鋸線。

孫幗芳舉起雙手，又拍拍腰部、臀部，表示沒有帶任何武器。

「你們怎麼追查到我的？」程灝的神色看來有恃無恐，又一副饒富趣味的樣子。

孫幗芳據實以告：「曾志良被殺那天，搜查完現場後，鑑識小組又返回眾議苑再進一步擴大範圍勘察，希望能找到遺漏的、有用的線索或確鑿的證據。雖然有目擊者說，曾志良是被人從載貨電梯強行拖進去的，但樓梯間、中庭也是搜查重點。」她略停一會，瞧著程灝的反應。

「有目擊者啊？我在中庭四下觀察過，倒沒發現到。」他仍是一臉波瀾不驚的模樣。

「目擊者早就在另一棟大樓的樓上了。載貨電梯的鐵門有很多工人的指紋，但採集到半枚血指紋時，鑑識人員就好像看見一道曙光，猜想會不會是凶手的手套被扯破時不小心留下的？」

「我左手戴的手套食指的確被勾破了，但沒留意到，竟然還留下指紋。」

「不就百密一疏嘛！我們比對犯罪資料庫的指紋系統都沒有吻合的，最後在警政署警察人員的指紋資料庫[24]有比對到50％符合的。我們實在難以置信，若真的是的話，老天這玩笑也開太大了。但秉持著勿枉勿縱精神，我們也私下採集你茶杯上的指紋及唾液送去檢驗。」

「咳！咳！」瓦斯味開始嗆得她有點難受了，但還須集中精神與程灝虛與委蛇。一旁的杜至勳則一副委靡不振的樣子，不知他吸進了多少瓦斯。

「高隊長也質疑過電擊器的事，他說：『若是警用電擊槍，就可經由槍枝序號及內建微型晶片追查到使用的日期和時間了。查查看選舉當日程灝被派駐到某個選舉人的競選總部駐守，是否有登記領取電擊槍？我知道機會八成不高，他應該也知道會被追查到。』

---

24 警政署警察人員的指紋資料庫是為鋪陳小說情節順暢而編排的。

「在科技犯罪偵查隊破解了沈曼莉的電腦後，我們找到她側錄了幾個不同男人與她鹹濕互動的影像檔，其中一段匿名CandyBoy的是你吧？因為你是透過代理伺服器的境外跳板ＩＰ，用假帳號發佈的，當時查不出來，在簡報會議上就沒有特別提出來論。後來在你的一張照片上看到赤裸上半身的照片，右側腰部的刺青和CandyBoy很相似。」

「所以你們搜過我家了？」

孫幗芳沒回答他，繼續說：「還記得我邀你上過健身房運動吧？那次你不經意的撩起上衣，我從四周的鏡子中有短暫的瞄到你右側腰部的刺青，可惜我的警覺心不夠，沒聯想到你就是CandyBoy，錯失了逮捕你的時機。」

「能告訴我你刺的是女友Kate的名字嗎？」她話鋒一轉。

「不是，是恨，h-a-t-e。我心中有恨，搶劫銀行、殺人放火都只是個人行為，但酒駕撞死人、性侵犯者、貪瀆濫權的政客、用毒品荼毒別人、逼良為娼者，這些人都是該死的混蛋，罪不可逭，因為這樣的話，受害的就是全家人，這種人我都恨。」

「沈曼莉呢？你又為何要致她於死？」

「妒意吧？妒意會害死人！我看著她和幾個不同的男人談笑風生的上旅館、motel，一個瘋狂的念頭就突然攫住了我，我要讓她嚐到背叛的下場。」他咬牙切齒的說。

說到這裡，孫幗芳轉頭看了杜至勳一眼，不知是她已知道杜至勳曾經背叛過她，還是她想知道杜至勳聽到背叛別人的下場是這樣，會有什麼反應？

只見杜至勳頭低低的，臉色一陣青一陣綠，不知是因瓦斯憋氣，還是自覺對不起孫幗芳。

「在你家也搜到戒指、乳環、平安符、佛珠手環，戒指和平安符經林清源及何諺國家屬指認後，確證為死者的隨身物品，你為何要留下這些呢？當作紀念品？還是戰利品？」

「當下沒想那麼多。殺林清源那一次，心想他那麼有錢，開跑車、玩女人，媽的，這種人殺了人還能逍遙快活這麼久。」他似乎卸下了心防，暢所欲言了。

「我又不是變態殺手，會帶走他的手指、下體、毛髮。他的財物當然不能拿，只是一時興起，取了個小玩意兒罷了；乳環和平安符、佛珠手環也是。心理學家可能會說這是兇手間接的滿足和持續的享受吧？我把它丟在抽屜裡就忘了。」

「有一雙adidas的慢跑鞋也吻合林清源兇案現場採集到的鞋印。另外你要杜至勳寫的紙條，我一看就知道不是依他的意願寫的。」她的眼神迅速的在杜至勳身上轉了一圈。

「第一，他從未叫過我Baby，他的署名也應該是只有一個『勳』字。第二，沒聽他提過大陸有case在接洽。第三，他要出遠門不會只帶幾件盥洗內衣褲，甚至連西裝都不帶。而且打他的手機又不通，沒有辦國際漫遊，諸多現象實在是破綻百出。」

「這裡呢？能找到這裡算你們厲害！」

「你還記得你銀行保險箱的鑰匙吧？」

「沒錯，這你們也發現了？」

「剛開始沒想到。藍波刀、電鋸無法比對已火化的死者傷口，但從照片及驗屍報告看來，是兇器無誤。」

「嗯，這是我始料未及的。」

「我千算萬算也算不到你腦筋會動到杜至勳身上，你們又同時失蹤了，所以我判斷應該與你有關。一想到你的手段，我真怕杜至勳也會遭遇不測。」她深情地看著一旁被凌辱的杜至勳，杜至勳也同時給她一個謝謝關心的眼神。

「你沒必要把他抓來吧，他又沒做什麼窮凶惡極的事？」

「我就說妒意會害死人嘛，只是對他沒那麼深。」說到此，程灝特別留意看孫幗芳有何反應，但孫幗芳只是微微的點頭，就像聽他在講第三者的事。

他把一支錄音筆放到杜至勳腿上，要她過來拿，同時按下播放鍵，正是昨天他和杜至勳的對話。

在置物室外頭數公尺的高子俊緊急呼叫消防車及救護車待命，一顆心懸在胸口，不斷地來回踱步。

「隊長，你比我還緊張耶！」甄學恩說。

「廢話，手心手背都是肉。」

「是啊，也不知道裡面是什麼情況了，好像沒啥動靜。」

「要不我再從旁邊繞過去探視看看？」王崧驊問。

「再等會吧，分隊長應該應付得來。」

她感到一陣昏眩，全身系統彷彿都超載了。

「你很殘忍，竟用這種方式讓我難堪。」孫幗芳一聽完錄音檔，竟激動得不能自已，久久才蹦出這句話，但不知是對著杜至勳還是程灝說的。

「我只是要揭穿他的真面目，讓妳認清事實。」程灝說。

「我是有耳聞你在外面的勾當，」孫幗芳心頭一慟，差點痛哭失聲，原來她是對著杜至勳說的，眼裡好像沒有程灝這個人存在。「但我只當你是一時迷糊才對我做出這種事，我還是選擇無怨無尤。」

「無怨無尤」四個字將她對杜至勳的愛表露無遺，也縈繞在程灝的心頭揮之不去。

桶裝瓦斯一直嘶嘶的漏著氣，小小的置物室內已瀰漫了一股濃郁的瓦斯味，孫幗芳邊咳嗽邊大口喘氣，有如差點被溺斃的人。但她不敢激怒程灝，萬一他手槍一擊發，三個人恐怕都無一能倖免。

孫幗芳擦乾眼淚，轉頭用企盼的眼神對程灝說：「你不要一錯再錯了，把槍放下，出去自首吧？」她心中湧現一股焦慮。

「哈，來不及了！」

「懸崖勒馬猶未遲，不要再鑄成大錯了。」她往前欠了欠身說。

「哈哈哈，我並沒有打算殺他，放心好了。」他笑得暢快肆意，「妳說的話和神父說的好相似。」

他沒有矯揉造作的笑聲是她最喜歡的一種，但此時此刻她卻覺得慄不勝寒。

「妳先出去，我保證會放了他。」

孫幗芳猶豫不決。

「妳快走！」他把槍用力往杜至勳太陽穴用力頂了一下，「不要逼我做出後悔的事！」

接下來發生的事對孫幗芳來說歷歷在目，但她的感覺卻變得遲鈍，明明一清二楚的聲音卻像是從遠方傳來的，遙不可及。

孫幗芳倉皇地離開置物室，恐慌忽然毫無預警地將她攫獲，她不知道他是否真的會放了杜至勳，還是選擇同歸於盡，或是……？

大家看到孫幗芳出來後就蜂擁而上，只見她頻頻回頭張望，胸口起伏不定，都極想知道程灝和人質的狀況如何。

頃刻間，杜至勳也跌跌撞撞、狼狽的跑出來。

電光火石之間，只聽得一聲槍響伴隨著瓦斯「轟」的一聲爆炸巨響。一團火球瞬間擴展成一片火海，照亮每個人的臉孔，將整顆心都提了上來。

煙霧和火光瞬間吞噬了小小的置物室和程灝，杜至勳則被爆炸波震得俯衝到雜草地上。

四周的人都被四起的火光震懾住了，消防車及救護車嗚咿嗚咿聲從遠處傳來，伴隨著這一片寂靜，一明一滅的車頂燈和現場的火光相互輝映成詭異的紅色。

31

白述

隔日，孫幗芳將程灝交給她的錄音筆帶到簡報室，錄音筆內有一段他事先錄好的影片檔，以及一段昨天程灝放給她聽的錄音檔，錄音檔她回家就刪除了。她還不知道和杜至勳要如何走下去，是選擇原諒還是結束，她需要一個人靜下來好好思考。

影片檔的背景是程灝的臥室，他坐在書桌的電腦前錄的，日期是十天前。

一開口，聲音很飄渺，感覺像在跟自己對話：「我只是在做清除工作，清除社會人渣的工作。你們不是上帝，不能評判我的想法偏執，做法殘暴。」

「我是有嗜血因子沒錯，人性黑暗面比你們顯著，那又怎樣，比起一般人只會關起門來唾泣、害怕強權，檯面上卻又勾心鬥角好吧？不要把我冠上連續殺人犯的稱號，是的，我心裡住著一頭野獸，我是獵人，他們就是我的獵物，就這麼簡單。」這些話出自他口中，態度卻平靜得出奇。

「你們以為檢察官破獲曾志良毒品走私案是誰的功勞？是他神通廣大？不，是我密報的。我從林清源口中得知他們互相勾結，從事毒品供應鏈，從國外走私進來，再分裝銷售。我追蹤佈局了好久，才探聽到曾志良會利用警力因選舉的維安而削弱時從海上走私毒品。

「我不是惡魔的化身，也不會自詡是正義使者，但司法不能制裁這些人，就由我來代勞。他們死有餘辜，你們不也是這麼說的嗎？有人說，謀殺是一門學問，我是滿享受那種過程的，也可以從中學習。」學習什麼他沒說，但他平鋪直敘的說著謀殺，臉部表情演繹出好幾種不同版本，讓人摸不透他的內心想法，看不出個所以然來，彷彿殺人對他來說只是執行一種儀式。

「雖然說，警察的天職是要捍衛正義、打擊犯罪，我卻知法犯法，因自身遭逢的事而將仇恨投射在三人身上。」他的聲音有點哽咽了，畫面像電影停格般停了好幾秒。

「除了沈曼莉外，其餘三個都該死，我說是懲奸除惡，但你們一定不會認同。沈曼莉是八月二十八日半夜下著大雨，我開車載到我外公家附近荒廢的農地丟棄掩埋的，就算有監視器拍到，恐怕也照不清楚車牌號碼。我小時候在外公家住過一陣子，大約清楚很多農地都沒人整理。

「至於頭顱丟到蕃社古戰道，是不想她的身分被發現。你們會疑惑我和她究竟有什麼深仇大恨，非置她於死地不可，還毀壞她的身體？事後回想起來，我也莫名所以。大概當下被豬油蒙了心，只一味的認定她是虛情假意。我確實沒有設身處地替她著想，她有她交友的自由與權利，我跟她又是哪門子的關係？」他帶著一臉的歉疚說。

「殺了她之後，我失眠很久了，夜晚都不敢入眠，很怕一閉眼，她的魂魄就會出其不意地來找我。我也一直像困在幽閉空間的鬼魂一般無法喘息，現在說出來，反而有一種如釋重負的感覺。」

他停頓了良久，再度開口：「我是左撇子，平時拿槍、拿筆、拿筷子都慣用左手，但拿刀則是右手比較得心應手，力道控制得宜。

「我深知自己罪大惡極，如果我的死能讓人額手稱慶，也只算是彌補過錯於萬一。我不是睥睨死亡，不把死亡看在眼裡，我在此宣判我自己的死刑！我有復仇的勇氣，即使知道要付出代價，也是義不容辭。同樣的，我也有面對死亡的勇氣。」他用堅毅的神情說。

「富蘭克林說過，『正義』只有在不是受害者的人和受害者一樣憤慨時，才能得到伸張。我很清楚自己的個性，有時不受控制的怒火就是會把理智燒成灰燼，所以才造成今天這種局面。」

「我喜歡看妳笑，」這次畫面停得更久了，但從他口中說出的話卻讓人丈二金剛摸不著頭緒。「那是一種讓人魂縈夢牽的笑，彷彿世界都亮了起來。」

（看到這裡，大家都一起望向孫幗芳，只見她滿臉緋紅，有點不知所措。）

「和妳一見如故，像久別重逢的老朋友，我自知高攀不上美麗自信又優雅的妳，只能在遠遠的角落祝福妳。之前和妳聊得很愉快，妳的話語有如創傷藥膏一樣療癒。很羨慕杜先生，我對他絕無傷害之意，但也不容許有人欺負妳，只是想給他一個小小的懲罰。」

（此刻大家又一臉疑惑與不解地看著孫幗芳，她臉上似乎泛著淚水。）

「我發現妳有個習慣，只要嫌惡什麼，嘴角會先往一旁一撇發出『嘖』的聲音，然後才流露出輕蔑的眼神，不知道我觀察的對不對？」

（她垮下臉來，極力忍住不讓眼淚掉下來。大家從未看過再血腥的刑案現場都能冷靜自持的她竟如此脆弱、如此六神無主。高子俊正想過去給她安慰，但她隨即恢復一臉正色。）

「王大哥、甄大哥，可以這樣稱呼兩位嗎？」

（大家給他們兩位一個微笑。）

「王大哥，你的脾氣該改一改了，都沒有人這麼告訴你嗎？還有，甄大哥，你說的笑話真的很冷，不過我一直都很捧場喔！」

（王甄兩人虛脫的苦笑著，王崧驊補了一句：「How dare you！」。）

「讓大家失望了。我選擇三緘其口，一直把你們蒙在鼓裡，我們都是把命懸在槍口上的人，欸，我……，我……，」

他掩面痛哭，淚水像決堤般潸然而下。

（全書完）

要推理78　PG2444

要有光 FIAT LUX　謀殺法則

作　　者　佘炎輝
責任編輯　喬齊安
圖文排版　周好靜
封面設計　劉肇昇

出版策劃　要有光
發 行 人　宋政坤
法律顧問　毛國樑　律師
印製發行　秀威資訊科技股份有限公司
114台北市內湖區瑞光路76巷65號1樓
電話：+886-2-2796-3638　傳真：+886-2-2796-1377
http://www.showwe.com.tw
劃撥帳號　19563868　戶名：秀威資訊科技股份有限公司
讀者服務信箱：service@showwe.com.tw
展售門市　國家書店（松江門市）
104台北市中山區松江路209號1樓
電話：+886-2-2518-0207　傳真：+886-2-2518-0778
網路訂購　秀威網路書店：https://store.showwe.tw
國家網路書店：https://www.govbooks.com.tw
總 經 銷　聯合發行股份有限公司
231新北市新店區寶橋路235巷6弄6號4F
電話：+886-2-2917-8022　傳真：+886-2-2915-6275

出版日期　2020年9月　BOD一版
定　　價　310元

國家圖書館出版品預行編目

謀殺法則 / 佘炎輝著. -- 一版. -- 臺北市：要有光, 2020.09
面； 公分. -- (要推理 ; 78)
BOD版
ISBN 978-986-6992-52-0(平裝)

863.57 109011664

讀者回函卡

感謝您購買本書，為提升服務品質，請填妥以下資料，將讀者回函卡直接寄回或傳真本公司，收到您的寶貴意見後，我們會收藏記錄及檢討，謝謝！

如您需要了解本公司最新出版書目、購書優惠或企劃活動，歡迎您上網查詢或下載相關資料：http:// www.showwe.com.tw

您購買的書名：______________________________

出生日期：________年________月________日

學歷：□高中（含）以下　□大專　□研究所（含）以上

職業：□製造業　□金融業　□資訊業　□軍警　□傳播業　□自由業

□服務業　□公務員　□教職　□學生　□家管　□其它_____

購書地點：□網路書店　□實體書店　□書展　□郵購　□贈閱　□其他

您從何得知本書的消息？

□網路書店　□實體書店　□網路搜尋　□電子報　□書訊　□雜誌

□傳播媒體　□親友推薦　□網站推薦　□部落格　□其他__________

您對本書的評價：（請填代號　1.非常滿意　2.滿意　3.尚可　4.再改進）

封面設計____　版面編排____　內容____　文／譯筆____　價格____

讀完書後您覺得：

□很有收穫　□有收穫　□收穫不多　□沒收穫

對我們的建議：______________________________

____

____

____

請貼
郵票

11466
台北市內湖區瑞光路 76 巷 65 號 1 樓
秀威資訊科技股份有限公司 收
BOD 數位出版事業部

（請沿線對折寄回，謝謝！）

姓　名：＿＿＿＿＿＿＿＿　年齡：＿＿＿＿　性別：□女　□男

郵遞區號：□□□□□

地　址：＿＿＿＿＿＿＿＿＿＿＿＿＿＿＿＿

聯絡電話：(日)＿＿＿＿＿＿＿＿(夜)＿＿＿＿＿＿＿＿

E-mail：＿＿＿＿＿＿＿＿＿＿＿＿＿＿＿＿